JN124727

祝・定年退職!? 10歳からの異世界生活

SYUKU・TEINEN TAISYOKU!?

soranokumo

Illust.
齋藤タケオ

ホワン
ユーチだけに懐く
ニーリス。
バルトジャン
ユーチを保護し、
ともに生活していくことにした
冒険者。
顔はいかついが、善人。
ユーチ
(中田祐一郎)
定年退職して、
これからはのんびり…
と思っていた矢先に、
10歳の少年の姿で異世界にいた。
MAIN CHARACTERS
登場人物紹介

マーザ
孤児院の院長。
普段は優しいが、
怒らせると危険。
カジドワ
バルトジャンの
幼馴染の鍛冶屋。
デシャ
孤児院で
暮らしている少女。
勝気でおてんば。
クレエン
バルトジャンの
幼馴染の冒険者。

一、定年退職

私――中田祐一郎は六十歳を過ぎ、長年勤めた会社を退職した。

最後の勤めを終え、通い慣れた電車で自宅へ向かう。

流れゆく景色をぼんやり眺めながら、なんとなくこれまでのことを振り返っていた。

大学卒業後、二十三歳からずっと同じ会社にお世話になった。

三十七年か三十八年ほどになるだろうか……

物覚えは悪くなかったと思う。注意深く見聞きしたことはだいたい一度で覚えられた。

そのため、上司から重宝がられ、入社してそうそうにいくつもの業務を任されるようになる。

初めは新しい仕事を覚え、それを熟せることが嬉しく楽しかった。

有能な新人だと上司から褒められ、同僚からも一目置かれ、頼られるようになり、どこか得意になっていたのかもしれない。

「難しいことじゃないし、ちょっと頑張ればできるかな～」と軽く考え、それを誰かに相談もせず、任されるまま引き受け続けた。

確かに、一つ一つは単純で理解しやすい事柄であったから、私でも熟すことは可能だった。しかし、経験不足であることは否めない。

案の定、手際が悪いせいで思い通りに処理できず、遅くまで残業するようになる。

日々仕事に追われ、家にも仕事を持ち込んだ。

休日を返上して働くようになると、食事や睡眠がおろそかになっていき、徐々に気力や体力が損なわれていく。

集中力の低下によるミスが続くようになれば、当然上司から咎められ、頭を下げる頻度が増した。

さすがにこのままではいけないと感じたのだが、途中で音を上げることは、負けを認めて逃げるようであり、信頼し任せてくれた上司をますます失望させることになりそうでできなかった。

そうして何も改善しないまま無理を重ねる毎日に、ふと『社畜』という言葉が浮かぶ。

その頃の自分にあまりにもピッタリで、ため息とともに皮肉交じりの笑みが漏れたのを覚えている。自分で自分の首を絞めているのだと感じつつ。

それから間もなく、会社全体が最も忙しい時期に倒れ、病院に運ばれるという失態を演じることになる。

はぁー。

今思い返しても、申し訳なくて頭を抱えたくなる。己の不甲斐なさが痛いほど身に染みた。

幸い命に別状はなかったものの、しばらく入院することになる。忙しい仕事の合間に見舞いに来てくれた上司や同僚、後輩から、私の身体の不調に気付けなかったことや、多くの仕事を任せっきりにしてしまったことを謝罪され、逆に恐縮してしまう。

私の過信による失態で、迷惑をかけてしまっているのに、誰もそのことを責めなかった。

しっかり身体を治して、仕事に復帰することを望んでくれた。

「待っているから、頑張れ」という言葉が、なにより嬉しく心に響いたことを思い出す。

それまで重い病気や怪我などの経験がなかった私には、初めての入院生活は辛いものだった。

当時会社の後輩であった彼女（後の私の妻）は、ふとしたときに愚かな自分を思い出して落ち込む私を励ましてくれた。

彼女はその頃から変わらず、私に心を寄せ、傍らにいてくれていたのだとわかる。

私が今こうして元気に過ごせているのも、彼女の支えがあったからなのだと改めて思う。

身体が治ってからは、二度と同じ失態をしないように自分の実力不足を認め、謙虚に物事に取り組んだ。

上手くなかったコミュニケーションも、自分から『笑顔で挨拶』を心掛けるようにしたことで、少しずつ改善されていったように思う。

——月日が流れ、私も要領よく仕事を熟せるようになった。周りからの信頼も得ている。けれど、争うのが苦手で自己主張をすることが少ない性格のせいか、出世とは無縁であったようだ。

私も男だから、多少残念な気持ちはあるのだけれど、出世した同期を補佐して感謝されたり、後輩の窮地や失敗を何度も助けたりできたので、それで良いかなと思っている。

損な役回りばかり引き受けていると、よく知人から言われたけれど、さして苦にならなかったのは、そうした仕事が嫌いではなかったからなのだろう。

定年年齢を迎えるにあたり、会社側から雇用の延長を打診してもらえたのだが、大して悩まずに断っていた。退職後にやりたいことがあったわけではないけれど、ずっと走り続けてきてちょっと疲れてしまったのかもしれない。

三十八年もの長い間、同じ会社で働き苦労をともにした仲間と、何度も喜びを分かち合うことができ、幸せだったと思う。最後まで、私は私らしく仕事をすることができた。

そう、私は充分満足している。

けれど……そんなわけで、家族に贅沢な暮らしをさせてあげられなかったことが、今更だけれど少し残念に思えてしまう。

寛容な妻は、そんな私に最後まで尽くしてくれた。

一年前、私より先に逝ってしまったことは、残念で辛く悲しかった。でも、妻と二人の息子との賑やかで温かな暮らしも、息子たちが家を出てからの、妻と二人きりの穏やかな暮らしも、どちらもかけがえのない幸せな思い出になって、いつも心の中にある。

これからのことを思うと、少し寂(さび)しさを感じるけれど、心は穏(おだ)やかで不安はない。

明日からは時間がたっぷりあるのだから、それぞれの場所で嫁と子供に囲まれ幸せに暮らしているだろう、息子たちの顔を見に行くのもいいかもしれない。

ふと、妻の笑顔が頭に浮かび、いつもの控(ひか)えめな笑い声が聞こえた気がした。

深く息を吐(は)き、意識を現実に引き戻す。

さして時間は過ぎていなかったようだ。

腕時計の時刻は、18時22分。降りる駅までまだ時間がある。

もう少しこのまま……

身体で電車の揺れを感じながら、残りわずかになった通勤電車の雰囲気(ふんいき)を楽しむことにしよう。

微(かす)かな人の気配と、ガタンゴトンという馴染(なじ)みの音を聞きつつ、微笑(ほほえ)みを浮かべ静かに目を閉じる。

ガタンゴトンガタンゴトン――

「――っ⁉」

突然、強い衝撃が全身を襲う。
何が起きたのか理解する前に、目の前が暗くなり、意識が薄れていった。

二、戸惑い

頭がぼんやりしている。
何があったのか？
確か電車で帰宅途中、強い衝撃に襲われて……後は、はっきりしていない。
列車事故だろうか⁉
それにしては、身体のどこも痛くないし、騒ぎになっていないようだけれど。
少しずつ視力が回復し、視界に入った光景に驚き、目を見張る。
え⁉
どうして……？
私は、なぜか木の下で仰向けに寝ているようだ。
とりあえず状況を確認するために上半身を起こす。

「グッ⁉」

自分の身体に妙な違和感があり、思わずうめき声が出た。

服に邪魔されて動きにくくなった身体や、低く感じる視界を訝しく思いながらも、自分が今どこにいるのか知るために辺りを見渡す。

ここは、人や目印になる建造物がない、草や木が生い茂った森の中であるようだった。

改めて見渡しても見覚えはなく、ここがどこなのかわからない。

当惑しながら、自分の身体に意識を向ける。

着ている物は見覚えのあるスーツだったのだけれど、なぜかブカブカで手足が隠れてしまっていた。

まるで身体が縮んでしまったかのようで、首を傾げる。

おもむろに腕を伸ばせば、ぷら～んと上着の袖が垂れて揺れた。

目にしているものが理解できない。

袖の中から腕を露わにすると、幼い子の小さくて可愛らしい手が現れた。

その可愛らしい手は、グー、パーと手の平を閉じたり開いたりを繰り返している。

無意識に動かしていたことに気付けば、ピタリと動きを止めた。

確かに、それは自分の手のようだが？

「どういうこと？」

疑問を口にすると、少し高い軽やかな声音（こわね）が響く。

驚いて両手で口を覆（おお）えば、ぽにゅっとした皮膚（ひふ）があり、頬（ほお）のザラザラした髭剃（ひげそ）り跡はどこにもなかった。

幼い頃の息子や孫たちの可愛（かわい）らしいほっぺが思い出される。

ぷにぷに、もにゅもにゅ。

気が付けば、自分で自分の頬（ほお）に触れながら和（なご）んでしまっていた。

――恥ずかしい。

誰にも見られていないはずなのだが、決まりが悪く、思わず身悶（みもだ）えしてしまう。すると、小さくなった私の身体はバランスを崩し、コロンと後ろに倒れてしまった。

「っ痛！」

やっぱり子供は頭が重いのだな、などと思いながら、痛む頭をさする。

はぁー。

理解しがたい状況に大きなため息が漏（も）れる。

転がったまま、視線の先にある景色をぼんやり眺（なが）めた。

樹木の枝葉の間からさし込む日の光が眩（まぶ）しい。

「……いい天気だ」

痛みを感じたことで、『夢ではない』のだと気付かされたのに、澄んだ空気と穏やかな優しい風に誘われて、何もかも忘れて寛いでしまいそうになる。

アハハ……

自分の乾いた笑いが大きく耳に届く。

若返りたいなどと思ったことはなかった……

まさか、無意識の部分で願っていたとでもいうのだろうか？

――もし、過去の自分に戻ってしまっているのだとしたら、この場所に見覚えはないけれど、実家の近くなのだろう。

これからまた同じように学校へ行き就職をし、結婚する……!?

「っ！」

そんなことは無理だ。

六十年、生きた記憶があるのだから、全く同じように過ごせるはずがない。

私の行動は、未来を変えてしまうことになるのではないだろうか？

そんなことになったら、まだ存在していない息子たちはどうなるのだろう？

それに、未来を知っている私の存在は？

――恐ろしくて、それ以上は想像することをやめた。

過去に戻ったのではなく、私だけが若返っている状態ならまだいいのだろうか？

この姿では、私だとわかってもらえないだろう。

どうにかしてわかってもらえたとしても、今までのような関係ではいられないに違いない。

きっと、私はそれを寂(さび)しいと感じてしまうと思う。

それに、私より先に老いていく息子たちや知人を見なければならないなど、拷問(ごうもん)のようではないか。

どう考えても、悪いことしか浮かんでこない。

いっそ、私の全く知らない場所、知らない時代だったらいいのにと思えてくる。

「あっ、それフラグっすよ、先輩」

ふと、後輩の言葉が浮かんだ。

フラグとは、何のことだっただろうか？

頭の中でごちゃごちゃと思考を巡らせていた私の耳に、ガサゴソという生き物の動きを連想させる音が届き、我に返る。

急いで身体を起こして音のした方へ視線を向けたけれど、そこに動くものの姿はなかった。

私はそのときやっと、こうしている場合ではないことに気付く。

野生動物が生息しているだろう森の中で、このままでは、夜を明かさなければならなくなるのだ。

明かりのない夜の森を想像して恐ろしくなる。

とにかく早く人を探し、今がいつでここがどこかを知らなければならない。

それがわかれば少しは疑問が解消されるし、これからどうすればいいかを決められるはずだ。

先ほどまでぼんやりしていたことを後悔しながら、気合を入れて立ち上がる。

勢いが良すぎて少しふらつくも、小さくなった身体でも問題なく動くことができそうでホッとする。目線の高さは一メートルほどのようだけれど……果たして今の私は何歳に見えるのだろうか？

一番年上の孫と同じ保育園児とは思いたくないのだが、小学校入学前の子供に見えなくもない自分の身体を眺(なが)めて顔が引きつった。

――気持ちを切り替え、持ち物を確認しよう。

帰宅時に持っていた鞄(かばん)は見当たらず、残念ながら所持金がゼロであることが確定する。

それに加え、上着のポケットに入れていたはずの携帯電話もなくなっていた。

今更だけれど、連絡手段である携帯電話の存在を忘れていた己に呆(あき)れる。

気付けたとしても結果は変わらなかっただろうが、正常に思考できなかったことは反省しなければと思う。

ちなみにポケットには、タオル地のハンカチが一枚入っていただけだった。

この森がどこまで続くのかわからないから、せめてナイフやライターのような、野外で役に立つ物があればよかったのにと思ってしまう。

たとえ日が暮れるまでにこの森を抜けられなくても、火があれば暗闇ではなくなるし、警戒心の強い野生動物が近付くのを防いでくれるだろう。

襲ってくる野生動物にナイフで対抗できるとは思えないけれど、威嚇(いかく)くらいはできるかもしれない。それに、ナイフがあれば木を削(けず)って必要な物を作ったり、木の実を採ったりもできるのだ。

持っているだけでも心の支えになるだろうに……と、今ここにそれらがないことを残念に思っていると、不意に左手首に振動を感じた。

……!?

すぐに震えは収まったけれど、気になったので背広の袖口(そでぐち)を捲(まく)り、隠れていた手首をあらわにする。

そのとき、袖口から「ボトッ」と何かが落ちたことに気付いた。

「え!?」

落ちた先に視線を向けると、先ほどまでなかった折りたたみ式ナイフが目に留まる。

どうしてここにそれがあるのかわからず、おそるおそる手を伸ばし確認すると、以前私が使っていた物と同じ形の簡素なナイフだということがわかった。

これはどういうことだろう？

ついさっき、ナイフやライターがあればいいのにと思ったことは確かだけれど、思ったからといって都合よく出現することなどあるはずがない。

私の頭の中は、あり得ないことの連続に、疑問でいっぱいになっていた。

時間の経過とともにいくらか落ち着きを取り戻した私は、改めて手の中に消えずにあるナイフの存在を実感する。子供の姿になった自分が今ここにいること自体、おかしなことなのだ。不可解なことがもう一つ増えたところで大したことではないような気がしてくる。

半ば（なか）投げやりな気分で、今を受け入れることにした。

わからないことは、いくら考えてもわからないのだと諦（あきら）めてしまえば、気持ちは楽になるようだ。

欲しかったナイフが手に入ったことを、前向きに喜ぼう。

気持ちを切り替え、先ほど振動を感じた左手首を眺（なが）めた。

そこに愛用の腕時計があるのを認めホッとする。けれど、子供の姿になった細い手首にピッタリになるように調整されていることに首を傾（かし）げる。

ブカブカだった衣服と違い、どうして腕時計だけが？

また不可解なことが増えてしまったと、本来なら頭を抱えるところかもしれないが、身体の一部であるかのように腕時計が私の腕にあることに喜びを感じた。

この腕時計は古美術品と言われる物で、一日一回ぜんまいを巻く必要があり、定期的にメンテナンスもしなければならない。けれど、シンプルで落ち着いたデザインがとても気に入っている。

何よりこれは、妻からの贈り物だったりするので、特に思い入れが強いのかもしれない。

よくわからない状況の中、これがここにあって良かったと心から安堵した。

電車の中で確認した時刻が【18時22分】であったはずなのに、現在は【10時15分】を示していることに疑問はあるけれど、一秒一秒、確かに時を刻んでくれている存在に励まされる。

頑張らなければという気持ちが自然と湧いてくるようだ。

そっと、確認するように腕時計を撫で、笑みを浮かべる。

さて、次は身支度をしよう。

背が低くなって、長いスカートのようになっている上着はとりあえず脱いでおく。

後でマントのように首元で縛れば両手が使えるので、邪魔にならずに持っていけるだろう。皺になるのは仕方がない。

ワイシャツの袖を手首まで折り、手が自由に動くことを確認した。

膝まであったワイシャツの裾を、スラックスに突っ込みながら、ずり落ちてしまうトランクスタイプの下着と一緒に押さえ、スラックスのベルトで締め上げる。

これにはかなり手間取ってしまったが、オートロック式のベルトのおかげでなんとか落ちないように押さえることができた。これが、穴あきタイプのベルトだったら役に立たなかっただろう。

ネクタイは、できるだけ短くなるように、巻く回数を増やして結んでみた。結び目が太くて不恰好になってしまったが、どのみちおかしな恰好なのだからこれで良しとする。

最後に、スラックスの裾を足首が見えるまで折り込み、ポケットにナイフをしまえば完成だ。

大きすぎる靴下と靴はそのままなので、脱げないように気を付けて歩かなければならないけれど、なんとか支度が整った。

三、森の中

いざ出発！　と気合を入れてみたけれど、周りは樹木が生い茂っているだけの場所なので、どちらへ向かって進めばいいのかわからず戸惑ってしまう。

この決断が、先の明暗を分けることになるかもしれないと思うと余計に不安になるけれど、考えてもわからないことは悩んでも仕方がないと割り切ることにした。

とりあえず地形を調べて、下って見える方に進むことにする。

方向音痴ではないつもりだけれど、迷って同じところをグルグル歩く羽目にならないように川を探したい。

川の流れに沿って歩けば、森を抜けどこかに辿り着けるはず。

もちろん人や建物、道路や標識、看板なども見落とさないように注意する。

他に気を付けたいのは、熊のような野生動物との遭遇だろうか？

熊は大きな音を立てれば近寄ってこないと聞いたことがある。

本当かどうかはわからないものの、試してみてもいいかもしれない。

早速、近くに落ちていた丈夫そうな長めの棒を拾って、地面や木の葉を叩いてみた。

さして大きな音にはならなかったけれど、強く叩けば木の枝を傷つけてしまいそうなので仕方がない。

こんな感じでは、気休めにしかならないかもしれない。ただ、大声で叫んだり歌を歌ったりしながら歩くのは、羞恥心が邪魔をして難しい。

一応準備が整ったので、周りを警戒しながら歩き出すことにした。

ボコンペコン、トントン、カサカサと、おかしな靴音と棒で地面や枝を叩く音が響く。

服がかさ張り、短くなった歩幅にサイズの合っていない靴では、うまく歩けず速度も遅い。

けれど、歩きはじめてすぐにそんなことは気にならなくなった。

これまでの自分と今の自分との違いを思い知ることになったからだ。

年を取るにしたがって身体は固くなり関節も痛むようになった。慢性的な疲れで、身体を動かすことが苦になってくる。

なのに、あろうことか、若返ったことでその全ての不調が消え失せたのだ。

身体が軽くなり、力が内から湧いてくるような感覚に嬉しくなる。

もしかしたら、この状況は不運なだけではないかもしれない。

そんな風に思えたからか、ボコペコ、ボコペコと、心なしか足取りも軽くなる。

身体が若返ったことで、気持ちまでもが若返ったのだろうか？

森の中をあれこれ思案しながら慎重に進むつもりでいたのに、目に映る物に次々と興味が移ってしまい、思考を無視して身体が先に動いていた。

よく子供に「落ち着きなさい」と注意するけれど、あり余るエネルギーと好奇心にジッとしてなどいられなくなるのだと、この歳になって身をもって知る。

身体に振り回されているような感覚に戸惑いつつも、先行きが不安で沈みがちな気分が上向いてきたのを感じる。

好奇心の赴くまま森を探索した結果、どこか恐ろしく感じていた森も『命溢れる豊かな森』であると知ることができた。

この辺りの樹木は落葉樹のようだ。落ち葉が堆積し腐ってできた土は柔らかく湿っていて、栄養満点だろう。

地表にもほどよく日の光が届いていて、背の低い草木もちゃんと生育している。

時折目にする獣道には、小さな丸い糞らしき物が落ちていたから、うさぎやリスのような小動物が生息しているのだろうとわかった。

「カサッ」という後方からの物音にそっと振り返ると、期待通り小さな動物がこちらを窺っているのが見えた。

それは、白くて小さな……なんだろう？

想像していたうさぎやリスに似ているところはあるのだけれど、私の知るそれとは違う気がする。

十センチほどしかない小さなホワホワした生き物は、うさぎのような耳にリスのような立派なシッポを持っていた。

その子は、警戒するように耳と身体を立て、私を見ている。

初めての野生動物との対面に、ドキドキと心臓が脈打つ。

見たことのない容姿の小動物は、何かの雑種なのか？

あるいは、全く異なる種族なのか？

ふと、ここは私の知る日本なのだろうか？　と疑念を抱く。

思わず止めてしまっていた呼吸を再開させ、気持ちを落ち着かせる。

木々が揺れる音や、遠くの鳥の声を聞き取れるくらいには冷静になれた頃、小動物も緊張を解いたようだった。

私に視線を向けながら、立てていた耳を倒し、コテッと首を傾げている。

可愛い！

感動で、漏れそうになる声を呑み込む私を、無害な者だと認識したのだろうか、ちょこちょこと動き出した。

もう私がいても気にならないらしく、小動物は木の実を見つけては口の中に入れる動作を繰り返している。

躊躇うことなく次々と木の実を口に入れていく様子に、目を見開く。

ハムスターやリスのような頬袋があるのだろうけれど、小さな身体にその量は多すぎだと思う。

欲張りすぎて、遠目でも顔が凄いことになっているのがわかる。

すると、何を思ったのかちょこちょことすぐ傍まで寄ってきて後ろ足で立ち上がり、私に視線を向けた。

突然の行動に息を呑む私の目には、木の実で頬をパンパンに膨らませた白い小さなホワホワした生き物の姿が映っている。

その可愛らしい容姿に似合わないおかしな顔を胸を張って自慢するかのような態度に、思わず噴き出しそうになる。

しばらくすると、小動物は手を振るようにしっぽを一振りし、走り去ってしまった。

は〜、と大きく息を吐く。

結局小動物がどういうつもりだったのかわからないけれど、思い出すだけで頬が緩む体験だった。

一瞬にも思えるような触れ合いの中で、なんとなく仲良くなれた気がして、フワフワした気持ちになる。

私は締まりのない顔をしながら、あの小動物の後を追うように歩き出す。

——今の時刻は【13時05分】。歩きはじめて二時間以上が過ぎている。けれど未だ森を抜けることができずにいた。

太陽はまだ高い位置にある。日が暮れるまで、四、五時間ほどはあるだろうか？

それまでに森を抜けられるといいのだけれど。

これだけ歩いても、先ほどの小動物以外の動物に出会うことはなかった。

空を飛んでいる鳥を見かけたくらいだったから、最初の頃のような警戒心は薄れている。

とはいっても、食料が何もない状況でいつまでもここに留まるわけにはいかない。

ありがたいことにまだ体力は残っている。このまま行けるところまで進むことにしよう。

そのとき、爽やかな風が吹き、微かに水の流れる音を運んできた。

探していた川をやっと見つけることができそうだ。

ホッとしながら、水の流れる音を追うように歩き出す。

ほどなくして川が現れた。

川幅は広いが流れは緩やかだ。

私は、傍に下りられそうな場所を探して川辺に近付く。

浅い川の水は、魚がいれば見つけられそうなくらい澄んでいる。

きれいに見える水を見たからか、急に喉の渇きを覚え、ゴクッと喉が鳴る。

手の平に掬ってみると、水は冷たく不純物などは見当たらない。きれいな水に見えた。

この川の水は飲んでも大丈夫だろうか？

躊躇ってしまうのは、トイレのない森の中でお腹を壊すことが恐ろしいからなのだけれど、喉の渇きは増すばかりだ。

どうするか迷っていると、視線の先の岩陰に可愛らしいシッポがふわりふわりと揺れているのが見えた。

そのシッポに見覚えがあり、音を立てないように近付く。

そっと覗き込めば、予想通りあのリスに似た小動物が川の水を飲んでいた。

不意に、水を飲んでいた小動物の身体がビクッと震え、驚いたように私を振り仰ぐ。

あ、ごめん。

驚かすつもりはなかったので申し訳なくなる。

謝るように手を合わせて様子を窺うと、コテッと首を傾げ、へにょっと耳を垂れさせた。

やっぱり可愛い！

そのなんとも愛らしい姿をもっと近くで眺めたくなり、ゆっくりとさらに近付く。

けれど、もう私のことは気にならないようで、驚く様子はない。すぐにまた水を飲みはじめた。

この子が警戒を解いてくれたことがわかり、気持ちが和らぐ。

それまで、いろいろ考えて悩んでいたことが馬鹿らしくなり、私もその子の隣で水を飲むことにした。

冷たくて美味しい！

美味しい水を堪能し、自然と笑顔になる。

隣を見れば、リスに似た小動物も満足そうに目を細め、前足で顔を拭っていた。

まるで猫のようだ。

ぱっと見小さなリスなのに、耳がうさぎで仕草は猫？

その不思議な生き物を観察しながら和んでいると、突然警戒したように耳を立て、川の向こう側に注意を向けたのがわかった。その後すぐ、凄い速さで私の後ろを通りすぎ、逃げるように姿を消してしまう。

え!?

何が起こったのか理解できずに、呆然と小動物の去っていった先を見ながら立ち尽くす。

待っていても戻ってくる様子はない。

いったいどうしたのだろう？

寂しい気持ちで川を振り返ると、先ほど小動物が視線を向けていた方向に、猪のような獣の姿が確認できた。

あの獣の気配を感じて、逃げてしまったのだろうか？

川の向こう側にいるのだから、あんなに慌てて逃げなくてもいいのにと思ったものの、気になったのでもう一度確認しようと川向こうを見る。

離れていてわかりづらかったけれど、ちょっと興奮しているようにも見えた。刺激しないように川から離れた方がよさそうだ。

私が獣から視線を離し歩き出すと「バシャ、バシャ」という、何やら不穏な水音が聞こえてくる。

訝しく思い振り向くと、驚いたことにそこには、川を渡ってこちらに進んでくる獣の姿があった。

確かに浅い川であったように思うけれど？

まさか⁉

驚愕し目を見開く私の視界に、大きな猪だと思っていた獣の姿がはっきりと映る。

それは、猪ではなかった。

その獣には、猪ではあり得ない、ドリルのような角が額に一本生えていたのだ。

どんどん近付いてくる獣は、なぜか片目を潰され血を流している。

頭の中で、警報のように「早く逃げろ！」と叫んでいる自分の声が聞こえていた。

なのに、こちらを睨みつけてくる獣の、怒りや憎しみのこもった視線から目を逸らすことができない。

——っ！

恐怖で目の前が真っ暗になり、自分の口から聞いたこともないような叫び声が漏れた。

四、恩人

「おい！　坊主、大丈夫か？」

ベシベシと頬を叩かれた。

「――痛いです」

頬を撫でながら、叩いてきた人物を恨みがましく思う。

「おっ、気が付いたか？　よかった、よかった」

バシバシと、今度は起き上がろうと身体を起こしたところで、背中を叩かれた。

「だから、痛いですって」

容赦ない叩かれ方をされ、若干涙目になった。

どれだけ力があり余っているのだろう。不満げに目の前の人物を見上げる。

そして、気付いた。そう――人物。

目の前には日本人にしてはかなり大きく、彫りの深い顔立ちの男性が存在していた。

待ちに待った〝人物〟が目の前にいる事実を噛み締め、満面の笑みを浮かべる。

嬉しい。

叩かれて流れそうだった涙が、嬉しくて溢れてきそうだ。

どういう状況なのかわからないけれど、やっと人に会うことができた。

思わず手を伸ばし、がっしりした腕を掴んでしまう。逃がすものかという気迫がこもっていたかもしれない。

掴んだ腕からもわかったけれど、その男性は首や腕、足が太く筋肉が服を着ているかのような迫力があった。それに加え、顔がワイルドな外国人のようなので、見慣れない深い緑色の瞳を向けられれば、驚きで息を呑み込むことになる。

笑顔を向けられていても顔が強張ってしまいそうな顔立ちであるのだろうけれど、今の私はそれさえも頼もしく好ましく感じていた。

いかつい男性を見つめ、幸せそうに微笑む子供の姿は少し異様だったかもしれないが、そのときの気持ちを思えば、致し方ないだろう。

その男性が私を気遣ってくれているのは、掛けられた言葉からわかった。きっと優しい人なのだと思う。

手形が付きそうな打撃はやめて欲しいが、故意ではないのだろう。

「いや〜、こんなとこに、ガキがいるから焦ったわ。まあ、仕留め損ねて手負いにしちまった俺が悪いんだが」

なぜかその人は申し訳なさそうに、私が立ち上がるのに手を貸してくれる。

痛めた箇所がないか、ちょっと乱暴な仕草だけれど、私の身体を調べてくれたようだ。

立ち上がった後も特に痛いところはなかったので、心配してくれた男性にお礼を言い微笑む。

その男性は、そんな私の顔を驚いたように見た後、「怪我がなくてよかった～」と照れたような笑顔を見せ、私の頭を大きな手でガシガシと撫でてきた。

けれど急に真面目な顔をして「怖い思いをさせちまって、悪かった」と勢いよく頭を下げるものだから、私は驚いて目を見張る。

怖い思いって？

言葉の意味がわかると同時に、先ほどの獣の恐怖が甦ってきた。

「あっ……」

ガタガタと身体が震え出し、やっと今の自分の状況を理解する。

ここは、あの獣が現れた川辺だ。

目の前にまで迫っていた獣は、怒りや憎しみを確かに私に向けていた。

もうダメだと、逃げられないと、そう絶望したはずだった。

なのにどうして？

私は、何事もなくこうしている自分を改めて確認する。

あの獣は幻だったかのように、穏やかな川の流れる音が聞こえている。

優しい風と目の前の綺麗な景色に、もう危険はないのだと安堵し、周りを見回す。

っ！

私から少し離れた場所に、記憶にある焦げ茶色の巨体が横倒しになっているのを見つけ、無意識に後退る。

「ああ、大丈夫だぞ。もう死んでるからな」

怖気づいている私を安心させるように声を掛け、その人は獣に近付いていく。

微動だにせずそこにある獣は、確かに事切れているのだろう。

ホッとして緊張を解き、男の人の様子を窺う。

この人が、獣を倒してくれたのだろうか？

「あの、助けていただき、ありがとうございました」

あんなに恐ろしい獣が相手だったのに、この人は怪我をしているようには見えない。

――良かった。

頭を下げて、感謝の言葉を伝えた。

けれど命の恩人に対して、それしかできないことを申し訳なく思う。

いつか自分のできることで返せればいいのだけれど、このよくわからない状況では難しそうだ。

「ああ、礼はいらないぞ。こいつを仕留めるのは俺の仕事だし、俺が手間取ったせいで怖い思いをさせちまったんだから、礼なんて言われたら決まりが悪ぃわ」

その人は私の気持ちを察してか、気にするなと手を振ってくれた。

心遣いが嬉しくて、もう一度お礼を言って頭を下げる。

「俺の名前は、バルトジャン。この先にある『イージトス』って街で冒険者をやってる。バルトって呼んでくれ。で、坊主の名前は？　まあ『坊主』や『ガキ』呼びでいいなら、言わんでもかまわんが」

私は、うっかり名乗っていなかったことに気付き、慌てて名前を告げた。『中田祐一郎』と。

けれど、私の名前は覚えづらく発音しづらかったようだ。

長いのでと省略され、『ユーチ』と呼ばれることになった。

省略しすぎでは？　と抗議したけれど「じゃあ『ユーチロ』だな！」と言われてしまえば「やっぱり『ユーチ』でお願いします」と、承認するしかない。

いくらなんでも『ユーチロ』はないだろう。

自己紹介が終わると、バルトさんは獣の状態を確認しはじめた。

猪に似た獣は『イノシン』という名前だそうだ（惜しい）。

少し離れたところからおそるおそる覗いてみると、首に深く鋭い切り傷があるのがわかった。刃物でできた傷のようだ。

猟銃で倒したのではないのだろうか？

そう思ってバルトさんの身なりを注視すれば、背中に背負っている大きな物が目に留まった。剣のようだ。

あんなに大きな剣であるなら、どう考えても、銃刀法に違反しているはず。

なのにこの人は、堂々とそれを所持しているようだ。

聞き覚えのない街の名前に加え、目の前にいる男性の姿と、見知らぬ獣の存在が重なって、足元が揺らいでくる。

私が、今立っている場所はどこだろう？

そんな私の不安をよそに、バルトさんは不思議な動きを見せた。

手の平を獣の傷口に向け、小さく何かの言葉を発したのだ。

何をしたのかわからず不思議に思っていると、先ほどと同じように傷のある目にも手の平を向ける。それを見て私はそっと近付き、さっきは聞き取れなかった言葉を拾う。『浄化』と聞こえた。

浄化？

すると手の平から何かが出て、傷を覆うようにして消えていった。けれど、その後は、特に変化はないように見える。

呪(まじな)いのようなものなのだろうか？

ふざけているようには見えないから、意味のあることなのだろうけれど。

よくわからず首を傾(かし)げている私の目の前で、突如、確かに存在していた獣の死体が消えてしまった。

今度はどういうこと？

ぽかんと口を開けたまま、何もなくなってしまった場所を呆然(ぼうぜん)と見つめる。

よほど、間抜けな顔をしていたのだろう。

振り返ったバルトさんは、私の顔を見て目を丸くした。

すぐにでも問いただしたい気持ちであったのだけれど、どう言葉にしたらいいのかわからず押し黙る。そんな私を見かねてか、バルトさんの方から声を掛けてくれた。

「ユーチは、【収納袋】を見るのは初めてか？」

収納袋？　それが何であるかもわからないが、とりあえずコクコクと頷(うなず)く。

するとバルトさんは、自分の腰にある鞄(かばん)を軽く叩(たた)いて示してから説明をしてくれた。

「【収納袋】は魔道具だ。俺の鞄(これ)なら、さっきの『イノシン』五頭は入る。重さもなくなるから大抵の冒険者は持っているぞ。だが容量の大きい物や時間停止機能の付いた【収納石】を用いた物は、値段が高くて手が出ねえ」

「……魔道具？」

「もしかして魔道具のことも知らねえのか？　今は、照明とかも普通に魔道具だろ？　いくら生活魔法があるからって、魔道具がなけりゃ不便じゃないか？」

「えっ」

照明が魔道具？

電気は？

生活魔法って？

バルトさんは呆然としている私をしげしげと眺めると、口もとに手を持っていき思案顔で呟く。

「サイズは合ってないが、その服が見たこともない上等な生地だっていうのは俺でもわかるぞ。それに、肌は日に焼けてないからか白いし、手にも肉刺や傷なんてないだろ？　すべすべで、ふにふになのは、力仕事をしたことないからじゃないのか？　言葉も丁寧だし礼儀正しいし、てっきりどこかの貴族か金持ちの坊ちゃんなんだろうと思っていたんだが……」

「魔道具を見たことがないような、金持ちや貴族はいねえか」と、当てが外れ腑に落ちない様子で首を捻った。

「そうです。貴族じゃないですよ。ただの平民。一般市民です」

私は混乱したままだったけれど、なんとかわかったことに反応して返した。

「そうなんだな。だが、よくわからねえな。なあ、ユーチはなんでこんなとこに一人でいたんだ？　そんな恰好じゃ、ろくに歩けねえだろ？　それに荷物も武器も持たねえで。いくらここが魔物のいない場所だからって、不用心だと思うぞ」

魔物？　また、わからない言葉が出てきた。

大きなため息が出る。

確かに、今の私は何もかも不審で不可解だ。

バルトさんが怪訝そうにするのも無理ないと思う。

けれど、自分でもわからないのだから答えようがない。

何も答えられず黙っていると「まあ、言いたくないこともあるか」と、バルトさんは気まずそうな顔をする。

「いえ、話したくないわけではなくて、気付いたらこの姿でこの森の中にいたから、自分でもどういうことなのかわからなくて……すみません」

本当にわからないことだらけで嫌になる。

俯くと、固く握りしめた自分の手が震えているのが見えた。

これまでのことで、ここが地球上のどこの国でもないと気付かされた。

なぜ日本語が通じているのかわからないけれど、ここは今まで自分がいた世界ではない。知り合いは誰一人いないのだ。

電気製品の代わりに魔道具という物があり、武器を持つことが当たり前な世界。

おまけに、魔法とかもあるらしい。

子供の姿になっただけでも理解できないのに、全く知らない世界だなんて、いったい私はどうなってしまったのか？

気付かないうちに涙を流していたようだ。

バルトさんは私の頭をガシガシと撫でた後、慣れない手つきで私を抱き寄せ背中を叩いてくれる。

その力の加減が、バルトさんなのに凄く優しくて、余計に涙を止めることができなくなった。

六十歳になっても、自分はこんなにも弱いのだと思い知る。

これまでのことが走馬灯のように脳裏に浮かび、なんだか無性に悔しくて、心細く悲しくなる。

ぐちゃぐちゃした感情が自分の中で渦巻き、制御できなくて苦しい。

誰かに頼りたくて、ぶつけてしまいたくて、バルトさんにしがみついた。

バルトさんの服が皺になり、涙で汚れてしまっているのがわかるのに、涙を止めることができない。「すみません、ごめんなさい」と謝りながら声を殺して泣いた。

バルトさんは何も言わず、ただ私の背中を叩く。

五、一歩

俺――バルトジャンの腕の中には、出会ったばかりの小さな子供がいる。

俺が仕留めそこなったイノシンに襲われそうになっていた子供だ。

イノシンを倒した後、俺は倒れている子供に駆け寄り声を掛けた。

サイズの合っていないブカブカな服や靴で、なんだってこんな森の中に一人でいたんだかわからねえが、その子供は俺の声に反応し、可愛(かわい)い口で文句を言いながらも身体を起こした。

動けて文句が言えりゃあ、心配いらねえな。

ホッとし笑みを浮かべる俺の顔を、不満げに見上げてくる子供の黒くて綺麗(きれい)な瞳に息を呑(の)む。

涙で潤(うる)んでいるそれを、ついまじまじと見ていると、子供が驚いたように目を見開くのがわかった。

「あ、悪(わり)い」

自分が、幼い子供が泣いて逃げ出す容姿をしていることを思い出して謝る。

無理やり笑顔を作ってみたが、大概(たいがい)の子供はそれでも怖がるんだよな。

俺は、半ば諦めたようにため息を吐いた。

ところがその子供は怖がるどころか、小さな手で俺の腕に縋りつき、俺の顔を見て嬉しそうに笑っていやがった。今までこんな風に子供に懐かれたことなどなかったから、イノシンに襲われたときに頭でも打ったのかと、子供の正気を本気で疑っちまった。

その後、怪我がないことを確認して安堵したんだが、その子供――ユーチの事情はよくわからなかった。

本人もわかってなかったのだろう。俺の疑問に答えることができず、不安な表情で辛そうに謝っていた。俯いてわずかに肩を震わせ、泣くのを我慢している姿に、思わず手を伸ばす。

このまま一人で泣かせたくなかった。

俺にしがみつく手を震わせ、声を殺して呻くように泣くユーチに、胸が痛くなる。

子供らしく声を上げて泣けばいいのに。なんだってユーチはこんなに苦しそうに泣くんだろう。

どうにかして慰めてやりたかったが、俺にできたことはこうして胡坐を組んだ足の上に座らせ、抱えるようにして背中を撫でることだけだった。

思いっきり泣いて少しはスッキリしただろうか？

随分溜め込んでいたみたいだったが、今は強張っていた身体から力が抜けている。

俺の腕の中で、安心したように身体を預けている小さな子供の存在がくすぐったくて温かい。

そのまま眠ってしまいそうなユーチの頭をそっと撫で、ホッと息を吐く。

「ごめんなさい。すみません」

突然ユーチが身体を起こして謝ってきた。

顔を真っ赤にして、恥ずかしがっているのがわかり、つい笑ってしまう。

居心地が悪そうに、俺の膝の上でもじもじしているユーチをしっかり抱え直して笑顔を向ければ、ますます狼狽えたようにあわあわする様子がおかしくて、また笑えた。

「あの、本当にもう大丈夫ですから。ありがとうございました」

そう言って再び俺の腕から抜け出そうとするユーチの頭を、わしゃわしゃと撫でて誤魔化す。

もう少しこのまま閉じ込めておきたくて、気になっていたことを切り出した。

「なあ、ユーチ。これからどうするんだ？　親や知り合いを探すのか？」

俺の言葉に、ユーチはハッとしたように息を呑む。

そして、しばらく考えてから、ぽつりぽつりと自分のことを話しはじめた。

ここは知らない場所で、所持金もなく親も頼れる知り合いもいないのだと、感情を見せない大人びた表情で淡々と言葉を続けるユーチに、俺の眉間に皺が寄るのがわかった。

「……なので、これから自立して生きていくためにどうすればいいか、できたらバルトさんに相談に乗っていただきたいです。ご迷惑とは思いますが……お願いします」

俺に相談に乗って欲しいと頼むときになって、ようやく表情を崩したユーチは、申し訳なさそうに頭を下げてくる。

眉間の皺がますます深くなった気がして慌てて笑顔を作った。ユーチの頼みが嫌だったわけじゃない。むしろ頼ってくれて嬉しくさえ思う。だけど、なんでこう苛立たしく感じるんだ。

妙に大人びたユーチの表情が無性に気に障る。

腹の中のぐちゃぐちゃした感情がどうにも抑えられなくて「大丈夫だ、心配ない」と適当な言葉を口にし、不安そうなユーチの頭を撫でることで誤魔化した。

一つ大きく息を吐き、気持ちを落ち着かせてから、とりあえずユーチの年齢を聞くことにする。

簡単に答えられると思われた年齢を、しばらく考えてから口にしたユーチは、なぜか疑問形で十歳だと答えた。

「なんで疑問形なんだ？」

俺が怪訝に思い尋ねると「なんとなく、そのくらいかなと……」と小さく呟くのが聞こえた。

まさか、自分の年齢もわからないとかいうのか？

どんな育ち方をしたらそうなるんだ？　俺はユーチの境遇に不安を覚えた。

俺も孤児だったから、物心つく頃にはもう親や親戚はいなかったが、自分の年齢がわからないなんてことはなかったぞ。

確かに十歳からギルドに登録できるから、仕事をするつもりならその年齢に達していないとまずいが、今のユーチはどう見ても五歳か六歳ほどにしか見えねえ。鯖を読むにしても限度があるだろ？

なんとも言えない気持ちでユーチの顔を窺うと、にっこり笑って見返してきやがった。

俺は言おうとしていた言葉を呑み込み「……まあ、いいか」と、ため息を吐く。

その後は、それ以上追及するのをやめ、ユーチに必要な情報を教えてやることにした。

ギルドには十歳から登録でき、そのときに貰えるギルド証が身分証を兼ねることや、登録後はギルドの依頼を受けられるから、子供でもお金を稼ぐことが可能だということを説明した。
ユーチはそれを聞くと、鯖を読んで良かったと言わんばかりにホッとした顔をして微笑んでいる。
ついでに、身寄りのない十歳以下の子供は、教会内にある孤児院で保護してもらえることを伝えた。

ユーチも保護の対象になるので「一年だけでも、そこで世話になるか?」と尋ねたんだが、ユーチは迷うことなく断ってきた。

何やら小さい声で「今の自分に、どんな仕事ができるかわからないけれど、サラリーマン歴三十八年の大人としては、子供と一緒に保護してもらうわけにはいかないですから……」などとブツブツ呟いていたが、聞き取れないところがあって意味をなさなかった。決意を固めたような顔で頷いているから、これからの意気込みでも語っていたんだろうか。

「子供が働くことに抵抗がないところのようなので良かったです」

ニコニコしながらそう言ったユーチは、ギルドの話をしてから表情があきらかに明るくなっている。

とりあえず街へ行ってギルトに登録し、仕事を斡旋してもらうつもりのようだが、ちっこいユーチにできる仕事はそれほどないだろう。

さっきも自立する方法を聞いてきたが、まさか最初から一人で暮らすつもりでいるわけじゃないよな。

教会の孤児院に世話になるのを断ったときも、何やら考えていたようだったが……目の前に俺がいるのに、なんで頼らないんだ?

なんだか、ユーチが描く未来に俺がいないような気がして苛立った。

知らない街で誰にも頼らず、五、六歳にしか見えない子供が一人で生きていく。それが難しいことくらいわかるだろうに。

俺は自分の子供の頃のことを棚に上げ、人に頼らず生きていこうとするユーチが危なっかしくて放っておけなくなった。

「バルトさんは、これからどうしますか？」

「どうしますかって、依頼のイノシンは確保済みだから、街に戻るだけだが？」

ユーチが何を言いたいのかわからず、顔を覗き込む。

何か俺に言いたいことがあるのかソワソワと落ち着かない様子で、窺うような視線を向けてくるユーチに、ピンときた。

なんだ、やっぱり俺に頼りたいんじゃねえか。そうならそうと早く言ってくれりゃあ俺も悩まずに済んだのによ。

すっかり機嫌がよくなった俺は、考えていたことをそのまま口にした。「俺の家に来るか？」と。

「少し狭いが使ってない部屋があるから、そこをユーチの部屋にすればいいだろ？　ちょっとばかし片付けが必要だが、今から帰れば十分間に合う」

「へ？」

頼みづらそうにしているから俺から提案してやったんだが、ユーチは驚いたように目を見開き、間の抜けた顔をしている。

「なんだ、不満か？」

「い、いえ、そうではなくて、私の部屋って？」

「ギルドで登録したって、住むところは自分で用意しないとだからな。ちょうど俺の家に空いた部屋があるから、そこに住めばいいだろ？　一人暮らしなんで気兼ねはいらねえし、ギルドや商店街との距離もそんなに離れてねえから便利だぞ」

俺の言いたいことはわかったようだが、ユーチは口をパクパクしながら目をまん丸にして驚いている。

「もしかして一緒に暮らすとか、そういう話ですか？　……あの、私は、街に連れていっていただけるようにお願いするつもりだったのですが……」

「なに言ってんだ？　ユーチが頼まなくたって、街には一緒に行くつもりだったぞ。まさか、俺が小さな子供を森に置き去りにするとでも思っていたのか？」

「いえ、そういうわけではなく、バルトさんなら連れていっていただけるだろうとは思っていました。嬉しいです。ありがとうございます」

ユーチは礼儀正しく俺に頭を下げると、真剣な表情で訴えてきた。

「でも、一緒に住むとかあり得ないですよ。今日会ったばかりの身元不明で怪しい子供ですよ。一緒に暮らすだなんて、どんな厄介ごとに巻き込まれるかわからないじゃないですか？」

必死に俺の心配をするユーチに、俺は声を立てて笑った。

「ユーチは、俺と一緒に暮らすことが嫌ではないんだよな」

「あ、はい。……この世界での知識が乏しくお金を持っていない今の私には、泊まる場所を提供してもらえる上に、頼りになるバルトさんにそばにいてもらえるというのは、ものすごくありがたい申し出で、喜ばしいことですけれど……さっき、教会の施設で保護されるのを断り、自立して生活する覚悟を決めたばかりなのに、イノシンから助けてもらっただけじゃなく、生活面でもお世話になるというのは、申し訳ないというか……」

つらつらと言葉を続けるユーチの言いたいことは大体わかった。

「結局、俺に遠慮しているだけで、嫌がってはいないってことだよな。だったら問題ない。日が暮れるまでに街に帰るぞ」

膝に乗せていたユーチを立ち上がらせ、街へ向かうことを伝えたが、ユーチはまだ躊躇っているようだった。

はっきり返事をしないユーチにしびれを切らし、顔を覗き込んで「何か、問題あるか？」と強気な姿勢で尋ねれば、ユーチは驚いたように息を呑んで慌てて首を横に振った。

俺はニヤリと笑い、「よし！」と気合を入れて立ち上がる。

すると、ユーチにズボンの布を遠慮がちに掴まれた。

「どうした？」

まだ何か言いたいことがあるのかと身体を屈めると、ユーチは小さい声で尋ねてきた。

「本当に、このまま甘えてしまっていいのでしょうか？　あまりにも自分に都合が良すぎて不安になります。私と一緒にいたら迷惑を掛けることになるかもしれないのに……」

不安そうに俺の顔を見上げるユーチに笑顔を向ける。

「問題ない」と一言告げ、ユーチを軽々と抱き上げて腕に座らせると、首に掴まるように指示を出す。

突然持ち上げられたユーチは、高くなった視界に戸惑いながらもおずおずと従った。

落とさないようにがっちり抱え直し、ユーチの頭をガシガシとちょっと乱暴に撫でる。

「迷惑じゃない。ガキなんだからもっと甘えろ」

そう言ってやれば、「バルトさんが良い人すぎて困ります」と、ユーチは小さく呟き、控え目に微笑んだ。

その後、俺の首元にピトッとくっつき「……ありがとうございます。お世話になります」と感謝の言葉を告げられると、俺は自分の顔が熱くなるのがわかった。

甘えたその仕草が可愛くて、落ち着かなくなる。

そんな気持ちを誤魔化すように、俺は街に向かって足を踏み出した。

六、魔法と常識

バルトさんは私を抱えたままなのに、疲れた様子を見せずどんどん森の中を進んでいく。

私は、のんびり景色を堪能しながら、チラチラとバルトさんを観察していた。

身長は二メートル以上あるだろうか。

鍛えられた筋肉が服を着ていてもわかるほど、逞しい。

顔は彫りが深く怖い印象を受けるのだけれど、深い緑色の瞳が光の加減で鮮やかな美しい緑色に変わることに気付いてからは、それほど怖いと思わなくなった。それどころか、ついまじまじと覗き込んでしまいそうになる。

髪の色は落ち着いたブラウンで、無造作に掻き上げただけのような髪形なのに、なぜか恰好よく見えた。

どうせ変わるなら、私もバルトさんのような立派な体格の大人にして欲しかったと、ちょっと思ったけれど、私の性格ではせっかく強靭な肉体を手に入れたとしても、役に立ちそうにないと気付く。

バルトさんのように獣に立ち向かう勇気などないし、自分の手で生き物を仕留める覚悟もない。

真っ先に逃げ道を探すだろう。

それなら、今の身体で逃げ足を鍛える方がよっぽど有意義だと、情けないけれど思ってしまった。

バルトさんにとって、この森は危険な場所ではないのだろう。警戒しているようには見えない。

これなら、疑問に思っていることを尋ねても大丈夫だろうか？

多少おかしな質問をしたとしても、バルトさんなら受け入れてくれそうだし、『聞くは一時の恥、聞かぬは一生の恥！』とも言うしね。

私はバルトさんに、最も気になっていた魔法のことを尋ねることにした。

正直に全く魔法の知識がないことを打ち明けると、眉間に皺を寄せられてしまう。

「どんな環境で育てられたら、そんなことになるんだ？　もしかしたら、子供でも知ってる常識すら知らなかったりするんじゃないのか？」

図星を指されドキッとした。確かにその通りなので言葉に詰まる。

この世界のことを知らないのだから、常識などわかるはずがない。

私は苦笑しながら「そうかもしれないので、そこら辺もあわせて教えていただけると助かります」と頭を下げ、バルトさんに丸投げした。

開き直ってにっこり笑う私を、バルトさんは呆れ顔で眺めてから「仕方ねえな」と呟き、口もとに笑みを浮かべて受け入れてくれた。……私は気付かれないようにホッと息を吐く。

最初に魔法の基礎である【生活魔法】のことを教えてもらった。

【生活魔法】は、簡単な計算や読み書きと同じように、生きるために必要な能力なのだそうで、早い者は五歳頃から習いはじめるらしい。

教会の施設では、魔法だけでなく勉強の方も無償で教えているようで、裕福な家庭の子供でなくても学ぶことができると聞き、ホッとした。

十歳以下の身寄りのない子供を保護してくれ、誰でも〝魔法〟や〝簡単な計算や読み書き〟を学べる環境が整っている街なら、安心して暮らしていけるかもしれない。

これから向かう〝イージトス〟という街が、なんとなく身近に感じられて嬉しくなる。

『魔法』を発動させるための力を『魔力』と言い、それは人間なら誰しも、生まれたときから一定量は備わっているのだという。

バルトさんの言うこの世界の常識は、私にも当てはまるのだろうか。

六十年間、魔力など知らない世界で生きてきたのだけれど……

不安になっている私の耳に「十歳になる頃には、簡単な【生活魔法】を一つや二つは使えるんじゃないか」と続けられた言葉に、ますます不安になる。

――子供が最初に覚える【生活魔法】は、マッチの炎のような『火』に、お猪口一杯ほどの『水』、豆電球くらいの『光』、そよ風程度の『風』を吹かすだけのようで、大して役には立たないそうだ。

実際にその【生活魔法】を見せてもらったわけではなく、バルトさんによって身振りで〝このくらい〟だと伝えられたそれを、私が勝手にイメージしたものなので〝マッチ〟や〝お猪口〟〝豆電球〟がこの世界にあるかはわからない。

ある程度【生活魔法】を使えるようになると、目に見える汚れを落とす『洗浄』という便利な魔法を覚えられるらしい。

目に見える汚れを落とせるということは、水を使わずに洗濯や掃除ができるということなのだろうか？　そうだとしたら随分と便利そうだ。

魔法一つで、簡単に家事仕事を終えられるとなると、ちょっと腑に落ちない気持ちになるけれど、未知なる魔法に期待が高まる。

おまけに、その魔法を習得すれば一人前として扱われるのだと聞かされれば、私もそれを覚えたくなる。……私に魔力がなければ無理なのだけれど。

「まず、魔力を感じることからだな」

バルトさんはそう言うと、私を地面に降ろし、手でみぞおち辺りを触れた。

触れられたところが、わずかだけれど温かくなってきたような気がする。

バルトさんが自分の魔力で、私の中にある魔力を刺激しているのだという。

そのまま、自分の身体に意識を向けていると、なんとなくだけれど何かがそこにあることが感じられた。

これが魔力なのかな？

確認するようにバルトさんに視線を向ければ、ニヤリと笑い「感じたか？」と聞かれた。

「多分……」と私が自信なさそうに答えると、バルトさんは「多分かあ」と納得がいかない表情で呟き、首を傾げる。

「じゃあ、今度はこっちから試してみるか」

そう言うと、バルトさんは私の背中に手を当てた。

どうするのかと不思議に思っていると、突如何かが全身に流れ出す気持ち悪さに蒼白になる。

バルトさんが何かをしたのだろうと思い彼の服を掴み、首を横に振って、止めてくれるように頼んだ。

その間、呼吸が思うようにできず釣り上げられた魚のように喘いでしまう。

私の反応に驚いたバルトさんは、すぐに背中から手を離してくれたので、時間にしたら短い間だったのだと思う。

けれど、初めての感覚に強い衝撃を受けた私は、しばらく呆然としていたらしい。

バルトさんが何か言っているのはわかったけれど、言葉として理解できなかった。

気持ちが悪い感覚がなくなり、落ち着きを取り戻した私の視界に、申し訳なさそうな顔をしたバルトさんが映る。どうやらかなり心配させてしまったようだ。

気落ちしているのは、私が予想外に激しく反応したことが原因なのだと思う。

なんでも、肩こりなんかは魔力の刺激で良くなるらしく、仲間内では気楽にする行為だったようなのだ。

「苦しい思いをさせて悪かった」と神妙な顔で謝ってきたバルトさんに、私は笑顔を向ける。

驚いたけれど、バルトさんのお陰で魔力をはっきり感じられるようになったのだ。感謝こそすれ、文句などあるはずがない。

『終わりよければすべてよし』ってことで、早く立ち直ってもらいたい。

六十歳なのに子供の姿をしているだけでも十分異質なのに、誰もが持っているという魔力を持っていないなどと言われたら、一歩も前に進めなくなるところだった。

ゼロからのスタートだけれど、ここの人たちと一緒に歩むことを許されたような気がして、気持ちが軽くなったのがわかる。

実際に魔法を使えるようになったわけではなくても、私にも魔力があることがわかり、一つの大きな懸念が消えたのに、バルトさんに暗い顔をされていたら喜びたくても喜べない。

「バルトさんのお陰で、魔力を認識できるようになりました。ありがとうございます」

私は満面の笑みを浮かべ、バルトさんに感謝の気持ちを伝える。

嘘偽りのない私の気持ちが伝わったのか、バルトさんもやっと笑顔を向けてくれた。

せっかく魔力を意識できるようになったのだから次に進みたいと言うと、バルトさんも気持ちを切り替えたのだろう。

「そうか、それならまた歩きながら説明するかな」と、私を持ち上げ、腕に座らせた。

「魔力が意識できたら、後は発現させたい魔法を頭の中で明確に思い描けるようにする必要がある。そのときに、イメージしやすい言葉も一緒に考えておくといいだろう。イメージが未熟でも、詠唱することで魔法が発動する場合もあるからな」

なるほど。

私にも魔力が備わっていることがわかったからか、バルトさんの説明をワクワクしながら聞くことができた。

けれど、バルトさんが言うイメージして詠唱というのは……実際の魔法を見たことがない私では難しい気がする。

『百聞は一見にしかず』という言葉の通り、見せてもらった方がイメージしやすいはずだ。

そう思い、バルトさんに【生活魔法】を見せて欲しいと頼むと、バルトさんはとても良い笑顔で
「おお、任せとけ！」と引き受けてくれた。

私はドキドキしながら、バルトさんの行動を見守る。

バルトさんは、森の中の少し開けた場所で立ち止まると、私を抱えたままの状態でなぜか右手を突き出した。

『火』の魔法を見せてくれるという。

緊張している私と違い、バルトさんはとてもリラックスしている。

というか、ニヤニヤと締まりがない顔をしたまま、私がちゃんとバルトさんの右手を見ていることを確認すると、突然炎を噴出させた。

「っ⁉」

驚いて引きつったような悲鳴を上げ、私の腕は力一杯バルトさんの首を絞めてしまう。非力な私

でもいざとなれば力が発揮されるのか、「ぐぉっ」といううめき声がバルトさんの口から漏れていたけれど、それは仕方がない。自業自得だと思う。

マッチの火ほどだと勝手に思い込んでいたせいもあるけれど、詠唱のような言葉もなく、突然手の平から炎である。

驚くなという方が無理だ。

ドキドキする心臓を押さえながら驚かされたことに抗議をすれば「悪かった」と、しおらしく頭を下げて謝ってくれた。

けれど、「俺の得意は『風』だからなあ」と言って「ブウォン！」と突風を前方に打ち出し、またも私を驚かせることになったのだから、先ほどの謝罪はなんだったのかと思ってしまう。

目を見開いて息を呑む私の反応が面白かったのか、悪戯が成功した子供のように声を立てて笑うバルトさんを、私は、呆けた顔で眺めてしまった。

——私がそれまで抱いていた、落ち着きのある頼もしいバルトさんはどこへ行ってしまったのか。

しばらくして、バルトさんは私の冷ややかな視線に気付いたのだろう、焦った様子で謝罪してきた。

逞しい体格のバルトさんがオロオロする姿が、見かけを裏切っていておかしくて、つい我慢できず噴き出してしまう。

――このときから、私の中のバルトさんの印象が大きく変わったのだと思う。

その後、バルトさんが披露してくれた魔法は【生活魔法】を発展させた【攻撃魔法】だったのだと知らされた。

さすがにあの魔法を生活で使うことはないと思うから、当然そうなのだろう。

けれど、私はバルトさんに【生活魔法】を見せてくれるように頼んだはずなのだ。なのに、なんでいきなり【攻撃魔法】をぶっ放すことになるのか。ただ、私を驚かせたかっただけなのではと思ってしまう。これからの参考にするつもりだったのに、あれでは全く参考になどできないではないか。

心の中で愚痴ってしまう。

バルトさんに教えてもらおうかと思っていたものの、ちゃんと【生活魔法】を習得するためには、教会の施設、孤児院で習う方がいいかもしれないと強く感じた。

バルトさんにそのことを伝えると、頭を抱えて残念がっていたけれど、真面目に教える気があったのか怪しいので放置でいいだろう。

孤児院では、簡単な計算や読み書きも教えてくれるというので、ちょうど良かったかもしれない。

言葉が理解できても、ここの国の文字が読めるかはわからないし、簡単な計算がどのようなものか知っておくのもいいだろう。

未だに落ち込んでいるバルトさんに声を掛け、先ほどの続きを頼んだ。

張り切って魔法の説明を始めたバルトさんによると、イノシンの傷口に使った『浄化』は、【生活魔法】の『洗浄』を進化させた上位魔法らしい。

『浄化』まで進化させるのは、なかなか大変なようで、使える人は多くないのだと自慢げに付け加えられた。

目に見える汚れを落とす『洗浄』と違い、『浄化』は目に見えない身体に悪い物も取り除くことができる魔法だというのだから、当然かもしれない。

身体に悪い目に見えない物とは、毒や細菌などの微生物、ウイルスとかだと想像できるのだけれど、どうだろう？

もしそうなら、その魔法が素晴らしいものだとわかる。

それがあれば、病気の流行を防ぐこともできそうだ。

その『浄化』の魔法を死んだ獣の傷口に使ったのは、血液の腐敗を防ぐためだったらしい。

私のうろ覚えの知識では、日本では肉の品質を保つために血液が固まらないうちに抜いてしまうと聞いた気がするが、バルトさんは肉の品質を損なわず、血液も利用するために『浄化』の魔法を使ったらしい。その血液は料理に使うだけでなく、薬の材料にもなるという。

イノシンの血液がどんな薬になるのかは、バルトさんも知らないようだったけれど、生き物を余すことなく利用する精神は大事だと思う。

それに、バルトさんは、獲物の肉の扱いがとても丁寧で、こだわりがあるように感じた。

より美味しい肉を提供するために、血液を浄化した後の獲物を必ず【収納袋】に入れて持ち帰らなければならない！　と力説する。

なんでも、【収納袋】の中は外気に左右されず一定の温度に保たれているらしく、その温度が肉に最適なのだとか。

普通に持ち帰ったときよりも肉の品質が格段に良いから、食べ比べればすぐにわかるのだと話すバルトさんの目は、キラキラと輝いていた。

そして、いかに【収納袋】が大事であるかを力強く訴えるので、私もついなるほどと頷くことになる。

バルトさんが引き受けた依頼の肉の品質が良いことが知れ渡り、今では指名依頼もあるという。

今日もその指名依頼でイノシン三頭が必要だったようなのだが、私に会う前に既に確保していたと自慢げに教えてくれた。

私を襲ってきたイノシンも倒しているので、一頭余分になるのだけれど、イノシンの肉は美味しくて人気があるから、問題なく買い取ってもらえるようだ。

その後イノシン料理をあれこれ説明され、バルトさんがいかに肉好きなのかが理解できた。

俺――バルトジャンが、ユーチを腕に抱えたままイノシンの肉を使った料理の話をしていると、返事をするように「グ～キュ～」と可愛い音が鳴る。

すぐにユーチの腹の音だとわかったが、本人は誤魔化すつもりなのだろう。腹の音を無視するように無理やり会話を続けようとしている。

時々此方を窺うような視線を向けてくるのは、誤魔化すのは無理があったと思っているからにちがいない。

その後すぐ、ユーチの腹がさっきより大きな音で「グ～ギューグュ～」と鳴り響き、さすがに誤魔化しようがなくなったのだが。

真っ赤になって慌てるユーチがおかしくて、つい噴き出してしまう。

このまま恥ずかしがるユーチを見ていたい気もしたが、いつまでも腹を空かせたままでは可哀そうだろうと、俺は収納袋からブタン肉の燻製が入った紙袋を取り出した。

その紙の袋から、空腹感を刺激する良い匂いがしてくる。

ユーチに食べるように促すと、「これは？」と、紙袋と俺の顔を見比べ首を傾げる。

「ブタン肉の燻製だ。美味いぞ」

「ほらっ」と、さらにその袋を顔に近付けて食べるように勧めれば、ユーチは「ありがとうございます」と礼を言い、躊躇いながら手に取った。

カチカチなブタン肉の燻製を眺め、なかなか食べようとしないユーチは、遠慮しているようにも、初めて見る食べ物に戸惑っているようにも見える。

それなら俺が先に食べてやれば良いだろう。

俺はユーチの手にあるブタン肉の燻製を「パクッ」と咥え抜き取った。

決して意地悪のつもりではなかったのだが。

ユーチは自分の手から離れた燻製肉が、俺に咀嚼される様子を驚いたように見ている。

口から半分ほど飛び出したそれが、口の動きに合わせてピコピコと上下に動く様を面白がっているわけではないだろう。

その後、顔色を変え狼狽え出したユーチに、なぜか睨まれているのだが？

燻製肉を口の中に収め、口をモグモグさせながら「おら、ユーチも食え」と紙袋を突きつける。

ユーチのおかしな態度に戸惑ったが、今度は躊躇うことなくブタン肉の燻製を口にしてくれたのでホッとする。

ユーチは一瞬動きを止め、驚いたように目を丸くしたあと、モグモグと口を動かし目を細めた。

「どうだ美味いだろ？」

期待しながら反応を待っていると、ユーチは口の中の燻製肉をゴクッと呑み込み、俺の顔を見る。

「はい、とっても美味しいです！　ありがとうございます」

ユーチは幸せそうに頬を緩ませ礼を言うと、俺に可愛い笑顔を向けてきた。

「っ⁉」

至近距離で笑顔を見ることになり息を呑む。危うく抱えていたユーチを落とすところだった。

でも、あんな顔でお礼を言われたら、誰でも動揺するだろう？

「――おっおお。そりゃあ良かった。まだあるからどんどん食え。全部食ってもだいじょぶだからっな！」

動揺のあまり言葉尻がおかしくなったことに気付き、一気に顔が熱くなる。

決まりが悪くて視線を逸らすと、ユーチにクスクス笑われた。

七、再会

真っ赤になって照れているバルトさんを、からかうような視線で眺めていたのが悪かったのだと思う。

その後、悪戯を思いついた子供のような顔でニヤリと笑ったバルトさんに、反撃されることになった。意図せず、バルトさんに「あーん」をしてしまったことでもショックだったというのに……。

――ブタン肉の燻製が食べたいのなら、私を地面に降ろして自分の手で食べればいいのだが、バルトさんは私を抱えたまま、再び私の手にある食べかけの燻製肉を食べようと口を開けて狙ってきた。

私は慌てて燻製肉を自分の口に入れて、阻止したから良かったけれど、私がそれを許せば「あーん」だけでなく、間接○○（言葉にできない）までするところだったのだ。

想像しただけで頬が赤くなる〝それ〟を避けるため、私はモグモグと口の中の燻製肉を咀嚼しながら、バルトさんの持つ紙袋を奪い取る。

バルトさんが自分の手で食べられるようにしたのに、ニヤリと笑った彼は、今度は自分の手にある燻製肉を私の口元に持ってきて、食べるように促してきた。

動物に餌付けしている気分なのかもしれないけれど、嫌がっていることくらいわかるだろうに。きつく口を結んで首を横に振り、まだ口の中にあることを必死に主張する私を、バルトさんは面白そうに見やり笑う。

笑われたことを理不尽に感じたけれど、手に持っていた燻製肉を自分で食べはじめるバルトさんを見て、諦めてくれたのだとホッとする。

食べながらではあったが、それまでと同じ速度で歩きはじめたバルトさんにすっかり油断していた。

私の口が空になるのを見計らい、バルトさんの手にあった燻製肉が私の口に突っ込まれてしまう。

突然のことにギョッとし目を見開く私の視線に、小さくガッツポーズをとるバルトさんが映る。

睨みつけて文句を言おうとしたけれど、口の中の燻製肉が邪魔でできない。ウゴウゴモグモグと咀嚼できただけだった。

恥ずかしがる私を、楽しそうにからかってくるバルトさんに呆れる。

自分が「あーん」されるより、バルトさんの口に燻製肉を突っ込む方がましな気がして、先ほど奪い取った燻製肉の入った紙袋をバルトさんの手に戻す。

ペットの餌付けだと思えば、どうということはない。

こうして、空になったバルトさんの口に燻製肉を入れる作業を、もくもくと熟すことにしたのだった。

調子に乗ったバルトさんが「あーん」と声に出して強請るようになり、心を無にする必要があったけれど。

結局、ブタン肉の燻製（くんせい）の八割ほどがバルトさんのお腹に収まることになった。

子供の身体は、少しの量でもお腹が膨（ふく）れるようなので、それは問題ないのだけれど、満足そうに頬（ほお）を緩（ゆる）めたバルトさんの顔はちょっと憎（にく）らしい。

食べ終えた後の空（から）になった紙袋が、疲弊（ひへい）した自分の姿と重なって見えた。

あまりにも子供っぽいバルトさんの態度に違和感を覚え、年齢を尋（たず）ねると二十六歳だと返ってきた。

――まさか、まだ二十六歳だったとは。

私の息子たちより年下だったことに驚く。

ここでの結婚制度やその適齢期などはわからないけれど、一人暮らしだと聞き、奥さんや子供がいないのだと察せられたから、もしかしたら私が予想した三十歳代ではないかもしれないと感じてはいた。けれど、まさかそれほど若いとは思わなかった。

二十六歳なら、日本では学生でいる者もいるはずだ。

社会人だとしても、まだまだこれからの、若い世代に当てはまる。

そういえば、失敗ばかりする後輩も確か二十六歳だったはず。

ふと、落ち着きがなく手がかかった彼の明るい笑顔が頭に浮かんだ。

失敗しても挫（くじ）けず、今も頑張（がんば）っているだろうか。

私の感覚が正しければ、今日会社を退職したばかりのはずなのだけれど、なぜかとても懐かしく感じる。

環境が大きく変わってしまったせいなのだろう。

バルトさんが会社の後輩と同じ年齢だと思えば、先ほどの子供じみた行いも気にならなくなる。

むしろ、それ以外でのバルトさんは、落ち着いていて頼りがいがある大人にしか見えなかったのだから、まだ二十六歳だったのは驚くべきことなのかもしれない。

十五歳から成人として扱われるというこの世界と日本とは違うのだろうけれど、二十六歳でこの貫禄は凄いと思う。

決して、バルトさんが老け顔だなどと思っていたわけではない……はず。

この世界の人たちが皆バルトさんのような容姿だとしたら、私が五年後に十五歳になったとしても子供扱いされそうな気がする。日本人は若く見られるようだし。

「おい、ユーチ。大きい声を出さずに後ろを見てみろ、白い毛玉がチョロチョロしてねえか？」
「えっ、白い毛玉？」

バルトさんが何を言っているのかわからなかったけれど、バルトさんの首に回していた腕を緩めて後ろを見た。

「あっ」

「どうだ、見えたか？　ニーリスの子供がいるだろ？　警戒心が強くてめったに人前に姿を現さないはずなんだが、さっきからずっと俺たちの後を付いてきているようなんだ」

少し離れているから、はっきりわからないけれど、バルトさんに出会う前に森で仲良くなった小動物に似ている気がした。あの子がニーリスという動物だったのだろうか？　あ、目が合った⁉

警戒するように耳と身体を立てている仕草が、最初に出会ったときを思い出させる。

「やっぱり」

「んっ、何がやっぱりなんだ？」

私が森の中を彷徨っていたときに、あの小動物と二度出会っていることを話すと、バルトさんは凄く驚いていた。

「森によく来る俺でも、これまでに数回しか見かけたことがなかったっていうのに、ユーチは今日だけで三度も遭遇したってことになるのか？」

バルトさんは少し考えてから続ける。

「そのときのニーリスも白かったんなら、同じ個体の可能性があるが、なんだってそんなに頻繁にユーチの前に姿を現すんだ？　今もそうだが、一定の距離を保って付いてきているだろ？」

私は目の前で見た小動物のことを思い出し、頬（ほお）を緩（ゆる）めながら答える。

「はい、白くてホワホワでした。そのときはもっと近くで見られたので、二度とも同じ子だったのだと思います。もしかして白以外の毛色の個体もいるのですか？」

「ああ、いろんな種類があるみたいだぞ。俺が見たのは茶色っぽかったな」

「そうなんですね？　じゃあ、やっぱりあの子は私が出会っていた子なのかもしれないです」

そう思うと、なんだか嬉しくなる。

「なあユーチ、ちょっと試してみたいことがあるんだが……」

そう切り出したバルトさんの思い付きは、私をワクワクさせるものだった。


――そして今、私は近くにあった石の上に座り、股（もも）に白くてフワフワしたニーリスを乗せている。

バルトさんは、ニーリスから見えない位置に移動して、こちらを窺（うかが）っているはずなのだけれど、隠れるのが上手すぎて私でさえどこにいるのかわからない。

バルトさんの予想通り、ニーリスは私が一人になると周りを気にしながら近付いてきた。そして耳を垂らしたまま私の顔を見上げると、ブカブカの靴の上に飛び乗り、ズボンを伝って器用に股（もも）の上まで登ってきたのだ。

警戒心が強いと聞いていたけれど、どういうわけかニーリスは私を警戒していない。

それどころか、凄く懐いてくれているようで、くすぐったい気持ちになる。

驚かさないように下の方からゆっくり手を伸ばせば、ニーリスは私の指に鼻先を近付け、ツンツンと突いてきた。

そして、手の平を上に向けると、迷わず飛び乗ってくる。可愛い！

手の平に感じる重さと温もりに頬が緩む。

反対の手でそっと撫でれば、ペタンと身体を伏せ、目を閉じて気持ちよさそうにしている。

私の小さな手ではシッポまでは乗せられず、はみ出してしまっているのだけれど、それもまた可愛い。

はみ出している〝ホワホワ〟なシッポを持ち上げるように一撫ですると、もぞもぞと逃げるように動き、シッポを丸めてそこに顔を埋めるようにして小さくなった。

私の小さな手に収まっている白く丸い塊がニーリスなのだと思うと、不思議な気持ちになる。

ただの毛玉のようなそれを包む。

可愛くて、愛しくて、温かいそれを、いつまでも撫でていたくなる。

そのため……ニーリスに夢中で、バルトさんのことを忘れていた。

のっそりと現れたバルトさんに驚き、ビクッとしてしまう。私の反応が伝わったのか、ニーリス

も顔を上げる。

バルトさんは困ったように眉を下げて謝ってきた。そして私の前にしゃがみ込む。

大きいバルトさんがしゃがんでも私より高い位置に目線があるのだけれど、小さな動物を怖がらせないように気を遣っているのだとわかり、微笑ましくなる。

危険がないことを知らせるように撫でると、ニーリスはまた頭をシッポに埋めて丸くなった。

私が毛玉――ニーリスを撫でる様子を近くで眺めていたバルトさんは、「小さいな」と呟き、目を細める。

バルトさんもこんなに近くでニーリスを見たことがなかったらしく、その小ささに驚いたようだ。

この子がまだ子供だからなのかもしれないけれど、確かに小さくて可愛らしい。

「さて、どうするかな？」

バルトさんが思案顔で私の顔を見る。

懐いている野生動物をどうしたらいいか、考えてくれているのだと思う。

私としては、せっかく懐いてくれているこの子と別れたくはない。けれど、人の住む街に連れていくことが、この子にとって幸せだとは思えない。

可愛いからと、安易に決めたらダメだろう。

私は意を決して、ニーリスと別れることにした。

「いいのか？」

バルトさんに尋ねられたが、無理やり笑顔を作って頷く。

自分のこともままならないのに、小さな命を守ることなどできるはずがない。

寂しいけれど、仕方がないと諦めることにした。

私は、ニーリスをそっと石の上に移し、別れを告げる。

ニーリスにきょとんとした目で見つめられ、気持ちが揺らぎそうになったけれど、振り向かずにその場を後にした。

「まあ、ユーチが決めたんなら仕方ないが……街でも動物を飼ってる奴はいるから、無理じゃなかったんだぞ？　ニーリスなら小さいから邪魔にならないし可愛いから、周りの奴らも好意的に接してくれたはずだし……」

私が遠慮して諦めたと思っているのだろう。バルトさんから気遣わしげに伝えられた言葉に苦笑する。なんだか、バルトさんの方が名残惜しそうだ。

私の気持ちが変わらないとわかると、バルトさんも諦めたようだ。凄く残念そうだったけれど。

「なあユーチ、街に着くまでその靴は俺が預かってもいいか？　日が暮れるまでに街に着きたいから、森を抜けたら少し走らねえとならねえからな。ユーチは抱えていくから、靴は要らねえだろ？途中で落とすかもしれないし。どうだ？」

「ありがとうございます。お願いします。ですが、邪魔になりませんか？」

確かに、脱げないように気にしなければならなかったのでありがたいけれど、私を抱えている上に、靴まで持たせるなんて申し訳なく思う。

「心配はいらねえよ。ほら、これがあるからな」

そう言って、バルトさんが腰の鞄（収納袋）を示したときには、私の靴は跡形もなく消えていた。わかっていてもやっぱり驚いてしまう。

「……あの、食料と靴が一緒でも大丈夫なのですか？」

「なんだ？　ユーチは細かいことを気にするんだな。でも心配いらないぞ。収納袋の中は不思議空間だからな。荷物同士が交ざることはない」

「はぁ、そうなんですね。さすが収納袋です」

「おお！」

バルトさんは、少しだけ後ろを気にしたように見えたが「もうすぐ森を抜けるからな」と、私に声をかけ歩きはじめた。

「森は、ここまでだな」

俺――バルトジャンは、森を抜けたことを、抱えたままのユーチに伝える。

ユーチは森を振り返り、ニーリスのことを思い出したのか少し寂しそうな顔をした。だが、すぐに笑顔を俺に向け「ありがとうございました」と礼を言い、ペコッと頭を下げた。

確かにユーチ一人じゃ、森を抜けるのは難しかったと思うが、俺にとっては大したことじゃない。俺の体調を気にして申し訳なさそうな顔をする必要はないんだがな。

そう思いながらも、俺の心配をするユーチが可愛くて顔がニヤケてくる。

ぐしゃぐしゃと勢いよくユーチの頭を撫で、緩んでくる頬を誤魔化した。

「よし！　ここからは走って移動するから、舌を噛まないように黙ってろよ」

気合を入れて、出発することを伝えると「はい、わかりました」と真剣な表情で返事をしてくる。

その後「……あの、移動手段は人の足以外にありますか？」とおかしなことを聞いてきたが、気になることには答えてやらねえとな。

「……ああ、あるにはあるが、森と街の行き来だけなら馬や馬車は使わないと思うぞ。この森に来るのは俺と同じ冒険者がほとんどだから、大抵が自分の足だ。歩いても片道三時間ほどだしな。まあ、俺の場合は、走れば一時間も掛からねえけどな」

俺は、駿足と体力をちょっと自慢するように答えると、ユーチは驚いたのか目を丸くする。

それから、「……馬や馬車？　歩いて三時間……走るって？」と小声でブツブツと呟き、殺風景な周囲を見渡していた。

見える範囲に街らしい建物や馬車が見当たらないことを認めたのか、大きく息を吐き、頷いた。

「そうなのですね。よろしくお願いします」

と、頭を下げてきたユーチは、俺への負担を軽くするためか、首に回している腕に力を入れ、しがみつくようにくっついた。

「おお、任せとけ！」

そう言って勢いよく走り出すと、ユーチが息を呑むのがわかった。

俺の足が速すぎて驚いているのかと思ったが、「……ニーリス⁉」と呟く声が耳に届き、そうじゃないことがわかる。

俺は速度を落として後ろを振り返った。

白い小さいもんが森から飛び出し、俺たちを追うように走ってきていたようだ。すぐそこまで来ている。

ユーチは、俺の肩口から後方が良く見えていたのだろう。小さい身体を必死に動かし、自分に向かって走ってくるニーリスの姿を見て、感動しているのかもしれない。

「バルトさん、どうしよう」

ユーチは、言葉じゃなく全身で意思を伝えてくるニーリスの姿に戸惑っているようだ。

懐（なつ）いていたニーリスと森で別れることを決めたのは、あの子のことを思っての判断だったのだろうが、こんな姿を見せられたら抗（あらが）うことなどできないだろう。

立ち止まっている俺に追いついたニーリスは、そのままの勢いでユーチの胸に飛び込んだ。

ユーチも身を乗り出していたから、危うく落ちるところだった。俺がしっかり支えていなければ怪我（けが）をしていただろう。

感動の再会（？）を果たした一人と一匹を抱える形になった俺は役得だな。

ユーチの肩に乗り身体を擦（こす）りつけるように甘えるニーリスを、くすぐったそうにしながらも優しく撫（な）でるユーチを間近で眺（なが）めながら、俺はゆっくりと歩き出す。

本当は少しでも早く街に着きたかったんだが、ユーチがこんな状態じゃあ、危なくて走れないから仕方がない。落ち着くまで待つとするか。

俺の腕の中で笑うユーチの姿に、何かが満たされていくような気がした。


ニーリスがユーチの上着のポケットで大人しくなってから、俺は少し速度を上げて走っている。

——それにしても驚いた。まさか、ニーリスが人に懐（なつ）くとはな。

小さくて可愛（かわい）い動物がユーチと戯（たわむ）れている光景は、可愛（かわい）さ倍増で癒（いや）される。思い出しただけで締（し）

まりのない顔になって困るわ。

ただ、警戒心が強くめったに人前に姿を現さないことから、出会えたら〝幸運な奴〟だと言われているニーリスだ。そのシッポが〝幸運のお守り〟として高値で取引されるくらい希少な存在として扱われていることは、内緒にしとかねえと。ユーチが知ったら、また森へ帰すとか言い出しかねない。

魔道具の首輪でも盗難や迷子の防止にはなるから、表向きの危険はなくなるが、めったに拝むことのできねえ生きたニーリスを見たら、それでも欲しがる奴らはいくらでもいそうだ。金になる動物（もん）だから何があるかわからねえしな。せっかく笑ってるユーチの顔を曇らせたくねえから、金は掛かるがギルドで〝伴侶（はんりょ）動物〟として登録した方が良いかもしれねえ。

ユーチの両手が俺の首に回っていることを確認し、スピードを上げる。

街へ着いたら、ギルドでユーチとニーリスの登録をして、ユーチの部屋を準備しないと。

ベッドがないと寝られねえとか言われたら、買いに行かないとだしな。

あ、でもユーチなら、ちっこいから俺のベッドで一緒に寝ても問題ないか？

――いや、ダメだわ。俺の蹴りやパンチが、ユーチに炸裂（さくれつ）するかもしれねえ。

俺の寝相が悪いことは、さんざん仲間から言われているからな。

朝起きたら、ユーチが俺にボコボコにされてるかもしれねえだなんて、冗談（じょうだん）じゃねえ。

やっぱりベッドは必要だな。ついでに、服と靴もサイズの合っている物を用意しないと。このまましゃあ変に目立っちまう。

飯はどうするかな？　いつもの酒場じゃ、まずいよな？

酒に酔って、可愛（かわい）いユーチに絡む輩（やから）が現れるかもしれねえしな。

やることや決めることがいっぱいだが、細かいことは街に着いてから考えるか。

フフフッ、忍び笑いがとまらねえ。

初めて見る街に、表情をコロコロ変えるユーチの姿が浮かび、楽しみで笑えてくる。

素姓のわからない子供だが、濁（にご）りのないまっすぐな視線が好ましい。

素直な性格だから、思っていることが顔に出て面白いし、幼いくせに人に頼ろうとしない意志の強さも持っている。

俺を見て怖がらないどころか、無邪気な笑顔を向けてくるような希少な存在を、放っておくことなどできるわけがないよな。

俺に迷惑を掛けることになるかもしれないと気にしていたが、俺がユーチを気に入っているんだから仕方ねえ。手放せなくなりそうで怖いくらいだわ。

俺にしがみつきながら、飛ぶように過ぎる景色に目を見開いているユーチの頭をぐしゃぐしゃと撫（な）で、落とさないようにしっかりと抱え直す。

——そろそろ街が見えてくる。

八、街

まさか、ニーリスが追いかけてきてくれるとは思わなかった。

小さな身体で一生懸命走ってくる姿を思い出し、胸が熱くなる。

私の何を気に入ってくれたのかわからないけれど、森を抜けてまで私と一緒にいることを望んでくれた小さな存在が可愛くて愛おしい。

背広のポケットの中で熟睡中のニーリスに目を細める。

そういえば、ニーリスの名前を決めないと。

バルトさんに相談したら「チビ」や「ケダマ」とかだったから、自分で決めることにしたものの、白いから「シロ」とかにしたら、バルトさんと変わらない気がする。

オスかメスかもわからないので、どちらでも違和感のない名前にしたいのだけれど……

見た目からイメージして、ホワホワの毛だから「ホワン」とか「ホワワン」とか……どうだろう？　「ホワン」の方が呼びやすいから「ホワン」でいいかな？

休みなく走り続けていたバルトさんが速度を緩めるのがわかった。

「ほら、あれがイージストスの街だ」

私は首に回していた腕の力を緩め、振り返ってバルトさんが示した方を見る。

そこには、それまでに見られなかった建造物があった。

まだ遠目なので詳細はわからないけれど、かなり大きいのではないかと思う。

無事街に辿り着けたことに安堵すると同時に、右も左もわからない場所でバルトさんに出会えたことを心から感謝した。

私がその気持ちを伝えると「大したことはしてねえぞ」と、バルトさんは照れたような笑顔を見せる。

街に近付くにつれて、明らかになってくる建物に、日本との違いを実感する。
街は五メートルほどの石壁に囲まれていた。
バルトさんは正面に見える門に向かって進んでいるようだ。
数人の人の姿があり、門の前に一台の馬車が停まっているのが見えた。

建物のほとんどが石造りであるようで、写真で見かけた西洋の建築物を思わせる。

特に左側にある背の高い建物は、お城のような存在感を醸し出していた。

右側の石壁には、付け足されたように木の柵で囲われた部分があり、それはかなり広い範囲にわたっているように見える。

門までの距離が縮まってくると、抱えられたままなのが恥ずかしくなってくる。

「このままでも大丈夫だぞ」と言うバルトさんに、初めての街なのだから自分の足で門を通りたいと頼み、降ろしてもらうことにした。

「仕方ねえな」と気が進まない様子のバルトさんだったけれど、収納袋から靴を取り出し、私を抱えたまま履かせて地面に立たせてくれる。

幼い子供のような扱いに居心地の悪さを感じた。おまけに、体格のいいバルトさんと小さな私の組み合わせが珍しいのか、門のそばにいる人たちから視線を向けられて落ち着かなくなる。

これ以上居心地が悪い思いをしなくて済むように、私はその場を後にしようとバルトさんに背を向けて歩き出す。

けれど、すかさずバルトさんに右手を掴まれてしまう。

驚いて仰ぎ見れば「知らない場所で、逸れたら困るだろ?」と、にっこり笑うバルトさんに、しっかりと手を繋ぎ直された。

確かに逸れたくはないのだけれど、手を引かれて歩くのも、抱えられていくのと同じように恥ずかしい思いをすることになるのだと、気付かされる。

しかも、背の高いバルトさんが、ボコンペコンボコンペコンとおかしな靴音を響かせる私の歩幅に合わせて歩くから、目立ってしょうがない。

もしかしたら、抱えられたままの方が速く進める分、私の心が受ける傷は少なくて済んだのかもしれない。

自分の足で歩くことを主張した己を振り返り、肩を落とす。

もたもた進む私の横を馬車が追い抜いていった。

その瞬間、馬の息遣いを感じ、思わず後退る。

接触するような距離ではなかったはずなのだが、躍動する馬の身体に押されるような衝撃を受けて息を呑む。

去っていく馬車を追うように視線を向ける私の心臓は、ドキドキと激しく鼓動していた。

――本物の馬車だ。

なぜか、先ほど見た馬車に感動している自分に気付いて呆れる。

本物って？　自分が感じた気持ちに戸惑う。

日本でも、観光地などで馬車を見かけることがあった。

多少年老いていたとしても生きている馬が引いているのだから、それが偽物なわけではないのだが……私は何を見て、先ほどの馬車を本物だと感じ、心を動かされたのか。

確かに、あれほど生命力溢れる馬を、間近に目にすることはなかったけれど……子供姿になってから、感情に引きずられることが増えているように感じる。

中身まで子供に戻りたくはないのだけれど……

周りの気配で、街に着いたことがニーリスにもわかったようだ。

背広のポケットからちょこんと顔を出している。

ニーリスの落ち着いた様子にホッとした。知らない場所でパニックになって走り去られてしまえば、探し出せるかわからない。

そんなとき「お先に〜」と、声を掛け追い抜いていく人物がいた。バルトさんと同じような恰好をしていたので冒険者なのだろう。バルトさんほどではないけれど、立派な体格の男性だった。

その人は、ボコンペコンと歩く私をわざわざ振り返り「頑張れよ」と励ましの言葉まで掛け、爽やかに笑いながら去っていった。

優しさだろうと思うけれど、やっぱりちょっと悔しい。ついムキになって歩く速度を速めてみたが、門まで後二十メートルほどの距離なのに、なかなか辿り着けない現実にため息が出る。

気を取り直し、前を見据えて歩き出した私の視界に、さっき追い抜いていった人が門番らしき人に何かを確認してもらっている姿が見えた。

繋いでいるバルトさんの手を引っ張って合図し、身体を少し屈めてもらい質問する。

「私は、身分を証明する物を持っていないのですが、通してもらえますか？」

「ああ、ユーチは子供だから身分証を持っている大人と一緒なら入れるぞ。今日は俺がいるから大丈夫だ」

「それなら、良かったです」

ホッとして「ありがとうございます」と小さく頭を下げて礼を言うと、バルトさんはまたガシガシと私の頭を撫でてきた。

力加減を覚えたようで、絶妙な撫で加減にほっこりしてしまう。

「ギルドに登録して身分証を貰えば、子供のユーチ一人でも街の出入りができるようになるんだが、心配だからしばらくは俺と一緒でないとダメだからな。街の中でも勝手な行動は禁止だぞ。行きたいところへは俺が連れてってやるから」

バルトさんに、真剣な表情で念を押される。

少し迷ったけれど、ニーリスのこともあるからバルトさんに甘えることにする。

私が照れながら提案を受け入れることを伝えると、バルトさんは嬉しそうに声を立てて笑った。

バルトさんに向けられる笑顔が、なんだかくすぐったいように感じられて落ち着かなくなる。

「おっ、次はバルトか。依頼は完了したのか？」

「おお、今日もバッチリだぜ」

門番の人が、バルトさんが提示したカードを確認するところを緊張しながら眺める。

その人は、深緑色の制服をカッチリと着ていた。

にこやかにバルトさんと会話をしているようだけれど、目つきが鋭い気がするのは、任務中……だからだろうか。

私と同じ黒髪には、白髪が交じっている。五十歳前後に見えるけれど、バルトさんのときのように、実際はもっと若いのかもしれない。

勝手に観察し推測していた私に気付いたのか、視線が合いドキッとする。

「それは、良かったな。――で、そっちの子供はなんだ？　どこかから攫ってきたんじゃねえよな？」

「そんなことするわけねえだろ？　ほら見ろ」

バルトさんは、私と繋いでいる手を自慢するように振ってみせ、ニヤリと笑う。

その笑い方はどうだろう？

バルトさんが、ちょっと怪しく見えるのではないかと心配になる。

私は、緊張しながら門番の男性に笑顔を向けた。

「初めまして、中田祐一郎と申します。バルトさんには危ないところを助けられ、こうして街まで連れてきていただきました。恩人です。決して、人攫いなどではないですよ」

丁寧な口調で、しっかりとバルトさんのことを弁明する。

目を逸らさずジッと門番の男性を見ていると、その人は私の顔を見ながら驚いたように目を丸くして固まってしまった。

そして我に返ると、頭を掻き、困ったような顔をする。

「あ、ああ、了解した。さっき攫ってきたとか言ったのは冗談だ。バルトとは知り合いだから、ちょっとばかりからかってしまっただけなんだ。心配させたようで申し訳なかったな」

そう言ってその男性は私に向かって頭を下げてくるので、オロオロと戸惑ってしまう。

「ナカッターユーチロ……君と言ったかな。俺はこの街の門番をしているエイバンスだ。よろしくな」

「はい。こちらこそよろしくお願いします。あの……名前は長いので、バルトさんと同じように『ユーチ』と呼んでください」

なんでか『祐一郎』と名乗っているのに『ユーチロ』と聞こえてしまうようだから、もう諦めて『ユーチ』と呼んでもらうように頼んだ。

これから名前を告げるときは、『ユーチ』で通した方がいいかもしれない。

エイバンスさんは「偉くしっかりした、行儀のいい子供だな」と、感心したように呟いた。

「そうだろ？　で、これからこの街で俺と暮らすことになったから、何かあったらよろしく頼む」

そう言って上機嫌に笑うバルトさんに「一緒に暮らすのか？」と、エイバンスさんはまたも驚いている。やっぱり、見ず知らずの子供を引き取るようなことは普通しないのだろう。

バルトさんが良い人すぎるということが、エイバンスさんの様子で改めてわかった。

九、商人

街に足を踏み入れると、門の外からはわからなかった喧騒に足が止まる。

目の前には広い道がまっすぐ続いていて、左右に分かれるように建物が建っている。

左奥には、門の外からも見えた建造物があった。

やっぱり城のように見えるそこには、どんな人が住んでいるのだろうか。

人々の様子も、日本とは違っていた。

髪の色や目の色、肌の色までも様々な色で溢れている。

いくつもの国の人が集まっているかのようで、ついキョロキョロと視線が彷徨ってしまう。

女性は足首丈のスカートで、肩や首、腰にスカーフを巻いている人が目立つ。

男性も女性も、剣を持っている人はバルトさんのような服装をしている。きっと冒険者なのだろう。

衣服は全体的に簡素で、色や柄もそれほど違いがないようだ。

ここの街の人たちが、皆バルトさんのように屈強な体格の持ち主ではないことがわかってホッとした。

けれど、ほとんどの男性の背丈が百八十センチ以上、女性でも百七十センチはあるのではないかと見受けられ、少し落ち込む。日本での私は、ぎりぎり百七十センチあるかないかの身長だったのだ。

グイッと腕を引っ張られ、我に返る。

バルトさんが後ろから来た人の邪魔にならないように、私を抱え込むことで庇ってくれたのだ。

「あ、ありがとうございます。すみません。お手数をお掛けいたしました」

私は、初めて見る事柄に意識が向いてしまい、周りの迷惑になっていることに気付いていなかったようだ。とんだ醜態を晒してしまった。

お上りさんのように、口を開けてキョロキョロしている自分の姿を想像し恥ずかしくなる。

バルトさんはそんな私を楽しく眺めていたようで、今も肩を震わせながら笑っている。

そのせいか、なんだか周りからの視線も感じられて落ち着かない。

「なんだか、見られている気がするのですが？」

「ああ、そうだな。ユーチが可愛いからじゃねえか？」

そんなわけがないだろうに……こんな場所でも、私をからかってくるバルトさんに力が抜ける。

「まあ、ユーチが可愛いのは嘘じゃないが、今の恰好はちょっと変わってるからな。それをなんとかしねえと、注目されたままだと思うぞ」

――ああ、そうだった。ブカブカのおかしな服を着た子供。……目立たないわけがないか。

先立つ物がないけれど、サイズの合った服と靴は確かにすぐに欲しい。それに、背広のポケットに入れたままのニーリスを安全に連れていけるような物もあると嬉しい。

一時的にでもお金を借りられる質屋のような店があればいいのだけれど……

バルトさんは悩みはじめた私の手を取り「じゃあ、ユーチの服と靴を買いに行くか！」と、どこかへ連れていこうとする。

「あの、お金がないので……」と呟く私を、バルトさんは振り返り「何言ってんだ？」と眉間に皺を寄せる。

「それくらい俺が出してやる。気兼ねするなら、いつか返してくれりゃあいいだろ？　これから一緒に暮らすんだから、焦る必要はないしな」

バルトさんは当然のことであるかのように、ニヤリと笑い答えた。

やっぱり、バルトさんは人が良すぎると思う。

そんなバルトさんに慣れ、頼ってしまう自分に呆れるけれど、いつか必ず恩を返すつもりでいる。

門から続いていた広い道を、バルトさんに手を引かれながら歩く。

歩みが遅く申し訳ないと思いつつも、道沿いの目新しい建物を覗き見て、街の雰囲気を楽しんだ。

「少々、お時間をいただきたく存じますが、ご都合いかがでしょうか？」

突然、近寄ってきた男性に声を掛けられ、驚いて足を止める。

きっちりとした身なりの老紳士に丁寧な敬語で話しかけられ、戸惑いを隠せない。

思わず、バルトさんと繋いでいる手を強く握ってしまう。

バルトさんはすぐに私の不安を察して、自分の方へ引き寄せてくれた。私の両肩に手を乗せて、向き合う形になった老紳士に「なんか用か？」と不信感をあらわに尋ねる。

「わたくしはブーティック商会イージトス支店の代表を務めております、シューセントと申します」

バルトさんの、無礼とも取れる物言いにも腹を立てることなく、丁寧な態度で身分を明かすシューセントという人物に驚かされた。――その者の肩書にも。

ブーティック商会がどのくらいの規模かはわからないけれど、この街の店を支店と呼ぶからには、ここ以外の街にも店を展開しているのだろう。ならば、かなり大きな商会なのではないかと思われる。その商会の偉い人が私たちにどんな用があるのか？

「わたくしどもの商会では、主に衣服や装身具を取り扱っております。つきましては、突然のお願いではございますが、そちらのお子様のお召し物を、数日ほどお貸しいただきたくお声を掛けさせていただきました」

流れるように用向きを説明された私とバルトさんは、お互いに顔を見合わせ、どうにもわからないという表情で、シューセントさんに続きを促す。

「僭越ながら謝礼といたしまして、そちらのお子様用の服一式と最低でも小金貨一枚――十万ルドをご用意させていただく所存でおります」

シューセントさんは、私が何日か自分の衣服（スーツ）を貸すだけで、子供服一式と小金貨一枚をくれると言う。

小金貨の価値はわからなかったが、バルトさんの驚いた顔を見れば、それが低額ではないことが予想できた。

『うまい話には裏がある』という言葉があるけれど……

「本当にこの服を数日貸すだけで、その対価をいただけるのですか？」

「はい、もちろんでございます。お見受けしたところ、素材の布地だけでも希少な物であることがわかりますし、デザインも仕立ても、わたくしの知る衣服とは異なるように思われ、大変興味深く、年甲斐もなく気持ちが高揚しております。よろしければ、買い取りをお願い申し上げたいほどでございます」

シューセントさんは仕事モードを崩したのか、柔和で穏やかな口調で答えると、最後ににっこりと微笑んだ。

本当に、私が着ている衣服に価値を感じてくれているらしい。

「つきましては、詳しい説明を当店でいたしたく存じます。この先に停めてございます馬車にて、ご一緒いただけましたら幸いでございます」

相変わらずの低姿勢で願われてしまい、私もバルトさんも断ることができず、流されるように馬車へ乗り込むことになってしまった。

バルトさんもブーティック商会については知っていて、評判が悪くなかったことで、シューセントさんへの不信感が緩んだから……というのもあるのだけれど、さすが商人。強制されたわけではないのに、結局、シューセントさんの希望通りに動かされたように思える。

「おっ！　凄い豪華な馬車だな」

バルトさんも、このような馬車に乗るのは初めてなのか、私が乗り込むのに手を貸した後、自分も乗り込みながら、もの珍しげに馬車を眺めている。

バルトさんの言う通り、全体に贅沢な装飾がされていて豪華であるように思う。ちょっと座席は硬いけれど。

シューセントさんの合図で動き出した馬車は、石か何かを踏む度に揺れ、身体が跳ねる。

馬車の振動に慣れていないせいか、安定せず落ち着かない。

乗り心地は、あまり良いとは思えなかった。

バルトさんが隣にいてくれるから、転げ落ちることはないと思うけれど、緊張する。

ニーリスもポケットの中で、もぞもぞと動いているのがわかった。

馬車に乗ったのも初めてだろうに、窮屈な思いをさせてしまい可哀そうに思ったけれど、動く馬車の中では外に出しても怯えさせてしまうかもしれない。どうしていいか迷いながら、そっと上着のポケットを撫でると、安心したのかまた大人しくなったので、馬車の中ではこのままでいてもらうことにする。

向かい合うように座っていたシューセントさんが、落ち着いた様子でにこやかに微笑んでこちらを見ていた。

視線が合いドキッとする。

おかしな態度を見られていたようで居心地が悪い。

誤魔化すように微笑めば、変わらず笑顔が返ってきてホッとする。

自分の実年齢と同じくらいに見えるシューセントさんに、親近感を覚えた。

そのせいもあってか、悪い人には見えない。

実際、シューセントさんの提案は悪い話ではないだろう。

着ている服を調べられるというのは、少し居心地が悪いけれど、ちゃんと返してもらえるのだから、得するばかりで損することはないと思う。

まさか、下着まで貸してくれとは言わないだろうしね。

けれど、素材を吟味され、この世界の物じゃないことがわかればどうなるだろう？

私の素性も怪しまれるだろうか？

怪しまれても、説明しようがないのだけれど。

既に馬車に乗ってしまっているのだが、ここは慎重に考えて断るべきか。

それとも、『背に腹はかえられぬ』のことわざの通り、生活のために腹を括るべきか。

私はシューセントさんに断りを入れ、懸念に思っていることを話してしまうことにした。

自分が着ている衣服の、仕立てやデザインを参考にされることはかまわないが、衣服がどのような素材で、どこで作られた衣服であるかは知らないから、それについて何かを求められても答えることができないことを告げた。そして、それでも先ほどの対価に釣り合うのかを問い、少しでも不都合に思うならこれ以上迷惑を掛けるのは心苦しいので、馬車を降ろしてもらいたいとお願いした。

一気に話し終え、ふ～っと大きく息を吐く。

喉がカラカラになってしまった。

とりあえず、十歳の子供らしく『知らぬ存ぜぬ』で押し通そうと思うのだけれど、どうだろう？

緊張しながらシューセントさんの様子を窺うと、何があっても動じないように思えたシューセントさんが、目を丸くして私を見ていた。

あれ？　何か変なことを言ってしまっただろうか？

バルトさんに視線を向ければ、ニヤニヤと楽しそうに笑っている。

そして私の視線に気付くと、いつものようにニヤリと笑い、私の頭を撫でてきた。

――なぜ？

そういえば、門番のエイバンスさんにも同じように驚いた顔をされたような……

もしかしたら、私の子供らしくない言葉遣いがいけなかったのだろうか？

ようやくそれに思い至り、子供らしい話し方について思案する。見本となる子供がいればよかったのだけれど、思い浮かばない。仕方がないので、失礼にならない程度に敬語を減らすよう心掛けることにした。

子供らしからぬ私を、シューセントさんは好意的に受け止めてくれたらしい。

「子供でいらっしゃるのに思慮深く、わたくしども商会の利益まで考慮していただきまして、ありがとうございます。ですが、ご心配には及びません。先ほどおっしゃられたことを踏まえましても、十分に採算が取れるお取引になると確信しております」

「そうなのですか？」

「はい、これまでの経験による勘とでも言いましょうか。商機だと感じております」

そう自信ありげに述べるシューセントさんに、迷いはないようだった。

シューセントさんの目が、キラリと鋭く光ったように見えたのは、錯覚ではないかもしれない。

「店に到着いたしましたら、魔法紙による契約書を作成いたします。そのときに、ご指摘いただいた事柄も記載し、そちら様にご迷惑をお掛けすることがないようにいたしたいと存じます。その他にも、ご不明な点がございましたら、改めておっしゃっていただければ幸いです」

魔法紙（？）による契約書を作成すると言われ、なんだか大事になっている気がして心配になる。けれど、バルトさんから特に反応がないところをみると、そういうものなのかもしれないと思い直す。

買い取りに関しては、私が〝中田祐一郎〟であったことの唯一の証であるように感じられる衣服を手放す気になれず、お断りした。その代わり貸し出しについては、喜んで了承する旨を伝えている。

契約書に、私の持ち物であることも口外しないように記載していただければ、他から探られる心配もなくなり安全だろう。

シューセントさんはとても嬉しそうに「ありがとうございます」と私の手を取り、感謝の言葉を述べてくる。

あまりの歓迎ぶりにちょっと落ち着かない気持ちにさせられたけれど……大丈夫だよね？

十、取引

「到着いたしました。こちらが、ブーティック商会イージトス支店でございます」

馬車は活気がある広場のような場所で停まり、シューセントさんが先に馬車を降りた。

「お足元にご注意ください」と、頭を下げるシューセントさんに促され、私もバルトさんに続いて馬車を降りようとする。すると、踏み台に足を乗せる前に、バルトさんの腕で持ち上げられてしまう。

バルトさんは持ち上げた私の耳元で「誓約書の文字が読めなければ、俺が読み上げてやるからな」と小声で告げてから、そっと降ろしてくれた。

一瞬なんのことかわからず、ぽかんとしてしまったけれど、そういえばこの世界の文字が読めるかわからなかったのだと思い至る。バルトさんの心遣いに感謝し、私は緩んでいた気持ちを引き締めた。

バルトさんにお礼を言い、自らバルトさんの手を握る。

力強い味方を得て、これから足を踏み入れることになるブーティック商会を見上げた。

年代を感じる大きなドアを前に足が止まりそうになったけれど、シューセントさんに先導され、バルトさんと一緒に店内に入る。

シューセントさんと一緒だからか、こんな恰好でも客だと認識してもらえたようだ。

「いらっしゃいませ」と、店員ににこやかに迎え入れられる。

好奇な視線を向けられなかったことにホッとしていると、重厚な雰囲気の一室に案内され、ソファーに座るように促される。

そのまま座ると身体が沈んで一人で起き上がれなくなりそうな立派なソファーに、私はポケットにいるニーリスを気にかけながら浅めに腰を下ろした。

かろうじて足が床に付き身体が安定したので、背筋を伸ばす。

バルトさんは私の隣にどかっと座り、背もたれに寄りかかるようにして寛いでいた。

どこにいても変わらない態度のバルトさんを頼もしく感じ、笑みが浮かぶ。

何人かに指示を出したシューセントさんはにこやかに微笑んで、従業員の女性が手際よく用意してくれたお茶を勧めてくれる。

遠慮するのも失礼かと思い「いただきます」と、対面に座っているシューセントさんに笑顔を向け、紅茶に似た色をした飲み物が入った器を手に取った。

猫舌な私には少し熱く感じたのでフーフーと息を吹きかけ、頃合いを見て口にする。

ほのかに甘い香りが口に広がった。

慣れないお茶の甘味だったけれど、喉が渇いていたからかとても美味しく感じ、ゴクゴクと迷わず飲み干してしまう。

ふーと息を吐き、喉の渇きが癒されたことにホッとし、笑顔になる。

ふと視線を感じてそちらに目を向ければ、シューセントさんとバルトさんが私を見てにこやかに微笑んでいることに気付く。

出されたお茶を遠慮なくがぶがぶと飲み干す姿を眺められていたのかと思うと、頬が熱くなる。

無言のまま空になった器を持って固まる私の前に、先ほどの女性が新しいお茶を置いてくれた。

その女性は私に微笑むと、空の器を渡すようにさり気なく促してくれ、気付いたときには空の器は女性の持つお盆の上にあった。

慌てて「ありがとうございます」とお礼を述べたけれど、変に上ずった声になってしまい決まりが悪い。

居たたまれず俯く私に、シューセントさんは嬉しそうに「お気に召していただけたようでなによりです」と、笑顔を向けてくれたので、なんとか顔を上げて微笑むことができた。

それから、年配の女性が子供服を用意してくれるまでの間、少し話をした。

門の前で私たちを追い抜いた馬車には、シューセントさんが乗っていたらしい。

そのとき、垣間見た私の服装が気になり、馬車を停められる場所まで移動させてから、私たちを探していたのだと聞かされて驚いてしまう。

ちょっと気になっただけの事柄に対して、凄い行動力だと感心する。

商人とは、そうしてチャンスを掴んでいくものなのかもしれない。

部屋の隅のカーテンを開けると、十畳ほどの広さの部屋が現れた。

そこに、数種類の子供服が持ち込まれる。

「何着かご用意いたしましたので、ご試着いただき、お好きな衣服をお選びください」

シューセントさんにその部屋で試着するように促され、私は当初の目的を思い出す。

待たせては申し訳ないと思い、速やかに着替えるために頭を下げると、ソファーから立ち上がった。

すると、なぜかバルトさんも一緒に席を立ち、私より先にカーテンのある部屋へと向かう。

首を傾げる私に「着方がわからないと困るだろ？」と言い、服を選びはじめた。

一人でも大丈夫だと思うのだけれど？

「これと、これと、これもいいなあ」と、服を選ぶバルトさんが楽しそうなので「まあ、いいか」と、選んで貰った服を着ることにした。

首元で結んでいた背広の袖をほどき、肩から外して眺めれば、やっぱり皺が付いてしまっている。

これから対価を貰って貸し出すというのに、これでは見栄えが悪い。

アイロンがあればいいのに……と思いながら、ニーリスに声を掛けた。

「ホワン、出ておいで」

気に入らなければそれらしい反応があるのではないかと、勝手に決めていた名前で呼んでみたのだけれど、どうだろう？

背広のポケットから顔を出したニーリスに「ホワン、おいで」ともう一度声を掛ければ、自分が呼ばれたことがわかったのか、ポケットから器用に出ると、私の手を伝い肩の上まで登ってきた。

リスに似ているだけあって、木登りが得意なのかもしれない。

頬にスリスリしてくるニーリス——ホワンを指でちょこちょこ撫でれば、今度は指にじゃれついてきた。小さな手で一生懸命私の指を捕まえようとする仕草が可愛い。指を止めて捕まえさせてあげると、指にもスリスリと頬を寄せてくる。

つい、夢中になって遊んでいて、ここがどこだか忘れていた。

シューセントさんが目を見開いたまま固まっているのを見て慌てる。

小さいけれど動物を店内に入れてしまってはいけなかったのかもしれない。

「相談しないで勝手に出しちゃいましたけれど、ダメだったみたいです。どうしましょう？」

落ち着いた様子のバルトさんに、どうしたらいいか尋ねる。

「ああ、大丈夫じゃないか？　たぶんユーチが思ってるのとは違うから」

「えっ、動物を持ち込んだことに驚いているのでは？」

「生きたニーリスを見たのが初めてだったんだろ？　そのうち正気に戻ると思うぞ。それより、名前決めたんだな。ホワンか……まあ、見た目通りでいいんじゃないか？　俺はケダマでも良かったんだがな」

バルトさんはそう言って笑うと、ホワンに話しかけた。

「おい、ホワン。お前の主人はこれから着替えるから、そこにいると邪魔だぞ。俺のとこに避難しとけ」

バルトさんはそう言ってホワンに手を伸ばしたのだけれど、ホワンは嫌がりその手から逃げ回る。逃げる場所が私の身体の上なので、ちょろちょろ位置を変えるホワンが危なっかしくてオロオロしてしまう。

「やっぱりダメか。こいつユーチ以外に懐く気がないんじゃねえか？」

落胆するバルトさんがおかしくてクスクス笑いながら「遊んでいるつもりかもしれないですよ？」と慰める。

「まあ、懐くのを気長に待つとするわ。そのうち観念するだろ？」

「観念ですか？」

「おお、俺はしつこいからな」

そう言ってニヤリと笑うバルトさんに、私もつられて笑ってしまう。

シューセントさんを置き去りにして和んでしまっていたことに気付き、慌てて様子を窺うと、先ほどとは違ってにこやかな笑みを浮かべたシューセントさんと目が合った。

「すみません。ご迷惑でしたら……」

「いえ、迷惑などとんでもございません。〝生きた幸運〟に出会えるとは夢のようでございます」

そう言って、私の肩が定位置になりつつあるホワンに、チラチラ視線を向ける。

「では、早速着替えてしまいましょう。脱いだ衣服はこちらへお願いいたします」と、テキパキ指示してくるシューセントさんに促され、後ろの大きな台に皺が残ってしまっている背広を置く。

一応、反対のポケットに入っていたハンカチも忘れずに出した。

それから、不恰好にグルグルと巻いていたネクタイを緩め、苦労して外す。

首元が軽くなりホッと息を吐く私を、ホワンは首を傾げて見てくる。

ネクタイの皺（しわ）も、できるだけ目立たないように伸ばしていると、バルトさんとシューセントさんからの視線を感じた。

「それはなんだ？」

ネクタイが珍しかったのだろうか、バルトさんは私の手元を覗（のぞ）き込みながら問うてくる。

何かと聞かれても、装飾品としか答えられない。

特に用途があるわけじゃないし、なくても困らないものだと思う。

何十年も疑いもなく締（し）め続けていたけれど、改めて見ると奇妙な物に見えてくる。

ネクタイのことを簡単に説明し、興味がありそうなバルトさんに手渡してから、バルトさんが選んでくれた服に目を向ける。さっさと着替えてしまおう。

ウエストは、紐（ひも）で縛（しば）って調節するようだ。

シャツにズボン、ベストもある。ゴワゴワした下着は着心地が悪そうだけれど、贅沢（ぜいたく）は言っていられない。そのうち慣れるだろう。

着方も難しくなさそうなので、一人でも着替えることができそうだ。

バルトさんたちは、背広やネクタイを吟味（ぎんみ）しはじめたようで、何やら話しながら夢中になっている。

こちらを気にしている様子はない。

着替えるためにベルトを緩（ゆる）めると、スラックスと一緒に下着（トランクス）もずり落ちてしまった。なので、そのまま一緒に脱いでしまう。大きなワイシャツのおかげで、見えていないから大丈夫だろう。

スラックスのポケットに入れていたナイフは、新しいズボンのポケットへ忘れずに入れ替える。

脱いだスラックスと下着（トランクス）を簡単にたたんで、とりあえず足元に置いた。

下半身がすーすーして落ち着かないので、素早く下着を穿（は）いてしまう。

思った通りの着心地だったけれど、紐（ひも）でウエストを調節すれば、サイズがピッタリだったからか意外としっくりきた。これなら問題なさそうだ。

次に、ズボンを手にする。

厚い布地は丈夫そうに見える。汚れや皺（しわ）も気にならない素材の服（もの）を選んでくれたようだ。これなら、背が伸びてサイズが合わなくなるまで着られるだろう。

半ズボンも用意されていたけれど、バルトさんが選んでくれたものは足首までの長さがあった。

穿（は）いてみると、私の足が細いからかちょっとダボッとして見えたけれど、動きが阻害（そがい）されることはないので、こんな感じでいいのかもしれない。

着方に間違いがないか確認するために後ろを振り返ると、二人の視線と重なりギョッとした。

いつから見られていたのか？

ジロジロ見られながら着替える趣味はないのだけれど。

恥ずかしさを誤魔化（ごまか）すように、「こんな感じでいいですか？」と問いかければ、ハッとしたように息を呑(の)んでから「ああ、大丈夫だ」「よくお似合いでございます」とそれぞれに言葉を発し、決まりが悪そうな顔をする。二人の様子がおかしくて、呆(あき)れ交じりの笑みが漏(も)れる。

その後バルトさんにあれこれ手伝われ、短い時間で着替えが完了した。

途中でホワンに触ろうとしたバルトさんの手は、器用にかわされている。

新しい服は、二人からも似合っていると褒(ほ)められた。私もなかなかいい感じだと思うのだけれど、ホワンが入れるような大きなポケットがなかったのがちょっと残念かも。

ネクタイの締(し)め方やベルトなどの説明を簡単にした後、取引の内容が決められた。

報酬は、今着ている子供服一式と小金貨一枚と銀貨五枚（十五万ルド）となり、十日間の貸し出しという条件になった。

最初に提示された金額より多くなり貸出期間が長くなったのは、オートロック式ベルトやファスナーの有用性に加え、細やかな仕立ての技術や素材の解明に時間が掛かりそうだと判断されたかららしい。私としては、ある一部を除いてはとてもいい条件の取引になったと思う。

その一部というのは、下着(トランクス)までも貸し出すように切望されてしまったからだ。

驚愕して首を横に振る私を、シューセントさんは熱心に口説いた。

ウエストのゴム部を何としても解明したいのだと力説されてしまえば、押しに弱い日本人、抗うことは難しい。

結局、バルトさんの魔法で念入りに『浄化』して貰うことを条件に、しぶしぶ承諾することになってしまった。

心配していた契約書の文字は、見たことのない文字であったはずなのに、意味を理解することができ驚くことになる。

こうなると、今私が話している言葉も本当に日本語なのかと不安になる。もしかしたら、こちらの世界の言葉を話しているように聞こえているのかもしれない。

子供の姿になったうえに、言葉もわからないという状況にならなくて良かったと心から思うけれど、魔法のある世界だからか、わからないことが多すぎる。

無事に取引がまとまり、私は子供服一式と小金貨一枚と銀貨五枚（十五万ルド）を手に入れた。

この世界のお金の価値をバルトさんに聞いたところ、日本円にして十五万円相当であることがわかり、貰いすぎではないかと心配になる。

おまけに、シューセントさん個人から子供用の肩掛け鞄をプレゼントされていた。

それもただの鞄ではなく、バルトさんが持っている収納袋と言われる魔道具だというのだから、驚かずにはいられない。それに、その鞄の左右のマチ部分には、ホワンがちょうど入れるほどのポケットもついていたのだ。

「タダで、そのような物をいただくわけにはいかない」と最初は断ったのだけれど、収納容量が少ない中古品だから売り物ではないし、ホワンのためのポケットを、針仕事のできる従業員に急遽取りつけさせたと言われてしまえば、断ることなどできなかった。

　バルトさんから収納袋の有用性をしっかり教えられていた私は、ドキドキしながら肩掛け鞄を受け取ると、今日手にすることになったお金の入った袋を実際に収納してみた。確かに重さが感じられなくなったことに感動する。

　何度か出し入れを繰り返していたらバルトさんに笑われてしまったけれど、気にせずシューセントさんに満面の笑みで感謝の言葉を伝えた。

　ホワンも片方のポケットに潜り込んだまま出てくる気配がないので、気に入ったのだと思う。

　こんなに気前が良くて商人として大丈夫なのだろうかと、シューセントさんのことがちょっと心配になったけれど、適切な指示を出し多くの従業員を従えている姿を垣間見ると、心配は杞憂だったのだとわかった。

　シューセントさんなら、今回のことでも多大な利益を生み出すことができるだろう。

　なぜか、確信することができたのだった。

十一、ギルド

ブーティック商会を出ると外は暗かった。いつの間にか日が暮れていたらしい。

目の前の広場は街灯の明かりで、来たときとは違った景色を見せていた。

「おっ、すっかり暗くなっちまったな。これからギルドに行こうと思ってたんだが、どうするかな？　ユーチは腹減ってるだろ？　先に飯にするか？」

足早に行き交う人々に交じるように、私の手を引き歩き出したバルトさんが問いかける。

せっかく確保したイノシン肉の品質を私の都合で落とすわけにはいかないし、私とホワンの登録も早めに済ませたい。

お腹は空いているけれど、たとえ途中でお腹が鳴ったとしても恥ずかしいのはもう経験済み。どうということはない。

「お腹は大丈夫なので、早くギルドに行きましょう」

私はバルトさんを急かすように返事をする。

「そうか？　じゃあ、ギルドに行くか。ギルドは北門側にあるでかい建物だから、もう少ししたら見えてくるぞ」

バルトさんは歩きながら、今いる場所のことを説明してくれた。

街の中心に位置しているこの広場は『中央広場』と言うらしい。街で一番賑わうここには、いろいろな店が立ち並んでいるため、大概の物は手に入るようだ。

ここに大々的に店を構えられるのは、先ほどのブーティック商会のように、かなり大手でないと無理なのだと、バルトさんは言う。

ちなみに私たちが街に入るときに通ったのは南門で、北門以外にも東と西に門があるらしい。

繁華街のような広場の店を興味深く眺めていると、ホワンが食べられそうな木の実を見かけたので購入した。本当はホワンに好きな実を選ばせたかったのだけれど、登録前のニーリスは人目に付かない方がいいからと、鞄のポケットの中から出せないでいる。

木の実は少量ずつ数種類を見繕っているので、ホワンの気に入る木の実も、その中にきっとあるだろう。

賑やかな街のどこからか、柔らかな鐘の音が聞こえてきた。

足を止め、音のする方へ視線を向けると、広場の中央に建つ塔のような背の高い建造物が目に入る。

暗くてはっきり見えないけれど、あそこに鐘があるようだ。

街の人たちは鐘の音が気にならないのか、足を止める者はいない。

バルトさんは、立ち止まって首を傾げている私に「あれは、時を告げる鐘だ」と、教えてくれた。

そういえば、今何時だろう？

私は、腕時計で時刻を確認した。

【20時02分】

先ほどの鐘は、午後八時を知らせる音だったのだろうか？

私はバルトさんに今の時刻を尋ねる。

「鐘が八回鳴ったから午後八時だな。基本二時間ごとに鐘が鳴るが、午後十時の鐘の後は、朝六時までは鳴らないようになっている。睡眠の邪魔にならないように配慮したんだろうな」

「そうなんですね」とバルトさんの説明に頷きながら、自分の腕時計が正確に時を刻んでいることを嬉しく思った。

微笑みながら腕時計を眺める私を、訝しげな顔で覗き込んできたバルトさんは、私の腕を見て納得したように頷いた。

「産まれた赤子に贈る、【祝福の腕輪】だな。その年まで割れないで身に着けていられたとは珍しい。俺のは、生死を彷徨う怪我をした四歳のときに、身代わりのように割れたらしい。最近では迷信扱いをする奴らもいるが、俺はなんらかの効能があると思っている。だからユーチも大事にしろよ。ユーチの成長を願って贈られた腕輪（もの）だろうからな」

……【祝福の腕輪】って？

何を言っているのかわからず聞き返そうと口を開きかけたのに、バルトさんに愛（いと）おしげに頭を撫（な）でられてしまい言葉にできなくなる。

この状況がくすぐったくて恥ずかしい。

うっかり流されそうになる思考をどうにか引き戻し、バルトさんが言ったことを考える。

――どうやらバルトさんには、私の腕時計が【祝福の腕輪】という、よくある木で作られた腕輪に見えているようだ。

【祝福の腕輪】は魔道具ではなく、昔から伝わるお守りのような物らしい。

けれど私の腕には、何度見直しても見慣れた愛用の腕時計があるようにしか見えない。

幻などではなく確かに存在しているはずなのに、バルトさんには見えていない？

そんなことがあるのだろうか？

もしかしたら、見た目は変わらずとも、子供になった私の腕に調整されたようにピッタリはめられていた時点で、もう私の知る普通の腕時計ではなくなっていたのかもしれない。

周りから認識されなくなった腕時計なら、人目を惹（ひ）くことはないだろうから、興味を持たれて奪われる危険は避けられそうだ。

わからないことがあると不安になるけれど、この腕時計が私にとって大切な物であることに変わりはない。

これからもずっと一緒にありたいと思う。

「ギルドに着いたぞ」

バルトさんの声に視線を向ければ、三階建ての大きな建物があった。

あそこが、ギルドなのだろう。

躊躇（ためら）うことなくバルトさんによって開けられたドアから、明るい光が溢（あふ）れてくる。

バルトさんに手を引かれながら、踏み入れたギルド。

そこには冒険者らしい人が何人かいて、一斉に注目された。視線が合い、ドキドキと心臓がうるさい。

夜に子供が現れたから、珍しくて目立ってしまったのかもしれない。

無意識に、バルトさんと繋いだ手に力が入る。

「いらっしゃい～♪」

奥のカウンターから、ちょっと緩(ゆる)めな感じで声を掛けられた。

慌(あわ)てて視線をそちらに向けると、鮮(あざ)やかな銀髪が目に映る。

見慣れない美しい髪に息を呑(の)む。

「うわ～」

思わず感嘆(かんたん)の声が漏(も)れた。

街の中にも珍しい髪色の人はいたけれど、室内の照明のせいなのかキラキラ輝く銀色の髪は称賛に値する。

「きれいな髪ですね」

にこやかに微笑(ほほえ)む女性に、つい心の声が漏(も)れてしまった。

「あら～嬉しいわ。ありがとう」

しっかりと目を合わせ、こぼれるような笑顔でお礼を返されてしまい焦(あせ)る。

初対面の若い女性に私は何を言っているのか。子供の姿でなければ引かれていただろう。

――危なかった。

「おお、ユーチも隅に置けないな。いきなり『きれいな髪ですね』とは恐れ入った」

バルトさんがからかうように笑うので、ますます居たたまれなくなる。

私はバルトさんの背に隠れ、女性の視線から逃れようとした。

「可愛いわね。ねえバルト？　この子はどうしたの？　随分バルトに懐いているみたいだけれど」

「ああ、アネスもそう思う？」

バルトさんは、銀髪の女性の言葉が嬉しくてしょうがないみたいに、ニヤニヤと締まりなく頬を緩ませる。

「やっぱ、懐かれてるんだよなあ、俺～♪」

バルトさんは上機嫌で、懐に抱え込んだ私の頭をガシガシと撫でてきた。

いつもより強めに撫でられ、ちょっと痛い。

銀髪の女性は、アネスさんというらしい。

バルトさんは、私と出会った経緯などを省き、私とこれから一緒に暮らすことを自慢げに話している。

そして、今日はギルドに登録に来たのだと伝え、手続きをしてくれるように頼んでくれた。

私は、アネスさんに言われるままに書類に名前と年齢を記入していく。

こちらの文字で、『ユーチ・十歳』と。

年齢はともかく、名前をユーチにすることは悩んだけれど、六十歳の中田祐一郎は自分の心の中にしまっておくことにした。

この世界で、『ユーチ』として、心機一転頑張ろうと思う。

「それじゃあ、ここに指の血をお願いね」

文字を記入したら終わりだと思っていたのだけれど、どうやら血判のような物が必要みたいだ。

アネスさんは慣れた様子で私の手を取り「痛くないからね～」と専用の針を指に刺し、書類に印を押した。小さな子供ではないから、それくらいどうということはなかったのだけれど、嬉しそうに針を刺すアネスさんはちょっと怖いと感じてしまった。

これで登録は完了らしくホッとする。

けれど「次は、ユーチの伴侶（はんりょ）動物登録を頼む」と続けられた言葉に、まだ全部が終わっていないことを思い出す。

「あら、伴侶（はんりょ）動物登録？　珍しいわね。登録にお金が必要になるから、首輪で済ませる人の方が多いのよ。それで、その動物はどこにいるのかしら？」

バルトさんに促されたので、肩掛け鞄（かばん）のポケットの蓋を開けてホワンを呼ぶ。手の平を差し出せばちょこんと乗ってくれる。落とさないようにもう片方の手でそっと包み、アネスさんに見せた。

「――!?」

手を開いて両手で持ち上げるようにすれば、キョトンと首を傾（かし）げるホワンと目が合ったのだろう。目を見開いたアネスさんが息を呑（の）むのがわかった。

「騒がれたくないから、手早く頼む」

バルトさんがすかさず、今にも叫び出しそうなアネスさんに釘を刺してくれたお陰で助かった。大きな声を出されたら注目されてしまうし、今は大人しくしているホワンもパニックになるかもしれない。バルトさんの気遣いに感謝した。

アネスさんは目を見開いたまま、両手で口もとを隠して無言で頷く。

用紙に動物の種類と名前を記入するときに、小声でバルトさんに確認した以外は無言で行ってくれた。

最後にホワンの血判が必要だと、針を手にするアネスさんは私のときとは違い、泣きそうな顔でホワンを見ている。

私も小さなホワンの手に針を刺すのは忍びなく、暴れて怪我をしないようにしっかりと固定する手が震えそうになる。

針を刺す瞬間、アネスさんと私は同時に息を呑む。

ホワンは一瞬身体を硬直させただけで、泣いて暴れるようなことはなかった。

無事書類に印を押し終え、また二人同時に息を吐いた。

いい子だったホワンを頬ずりして労う。何事もなかったように頬ずりを返してくるホワンを、今度は包み込むようにそっと撫でる。

「これで登録は終わったけれど、これは……心配だわね」

「本人が無自覚だから余計にな」

バルトさんとアネスさんが難しい顔をして、私とホワンを見ながらボソボソと何か話をしていたけれど、私はやっと登録を終えることができ安堵（あんど）していた。

このときの私は、伴侶（はんりょ）動物登録代と魔道具であるホワンの首輪の代金が、バルトさんによって支払われていたことを知らず「これを付ければ、ホワンを堂々と連れ歩けるからな」と、バルトさんから渡された首輪を喜んでホワンに取りつけ、頬（ほお）を緩（ゆる）ませていたのだった。

ギルド証を受け取り、バルトさんと手続きをしてくれたアネスさんに頭を下げた。

『ユーチ』と表示されたギルド証の下にホワンの名前があることに目を細める。

ホワンには痛い思いをさせてしまったけれど、伴侶（はんりょ）動物登録のお陰でより安全になったらしい。

「納品に行くぞ」とバルトさんに促され、私は笑顔で「はい！」と返事をする。

身分を証明する物を手に入れることができ、嬉しくてつい気合が入ってしまった。

ニコニコと緩（ゆる）んだ顔のまま、バルトさんと一緒に左側のドアに向かう。

もう人前に出しても心配なくなったホワンだけれど、また鞄（かばん）のポケットの中に戻ってしまっている。ホワンにとって慣れないことばかりで疲れたのだろうか。無理はさせたくないので、このままそっとしておくことにする。

労（ねぎら）いの気持ちをこめ、ホワンの入っているポケットを外からそっと撫（な）でた。

ドアを開けた先は、ジョッキを片手に料理を食べながら大声で談笑している人たちで賑わっていた。庶民的な喧騒に驚かされる。

通路に設置されたようにあるその店は、居酒屋のような雰囲気だった。ここが納品所ということはないだろう。

「おい、バルト、どうしたんだよその子供は……まさか、お前子供がいたのか⁉」

バルトさんの知り合いだろう男性から声を掛けられる。

なぜか、私はバルトさんの子供だと思われたようだ。

「おっ、クレエン。なんだよもうでき上がってるのか？」

バルトさんは、驚愕の表情を浮かべている男性――クレエンさん（？）を見て、呆れたように笑う。

「なんだよ、まだ酔ってなんかいねえぞ。それよりその子供はなんだよ。強面モテない同士のはずのバルトが、いつの間に黒髪美人と仲良くなってんだよ～。俺の知らないところでよろしくやってたなんて、あり得ないだろ？　俺は未だにモテないままなのになんでだよ。クソ～！」

クレエンさんは、憤りをぶつけるように叫びながら、ジョッキをテーブルに打ちつけた。

どこから湧いてきたのかわからない黒髪美人とバルトさんが大人の関係に至り、私が生まれたと勘違いしているらしいクレエンさんに戸惑う。

どうしてそこまで飛躍できるのか？

かなりお酒が回っているのかもしれない。

あらぬ妄想を展開して自ら苦悩しているように見えるクレエンさんに呆れ、私とバルトさんは視線を交わす。

そして、バルトさんは私の顔を見ながら、ニヤリと笑った。

なんとなくこれから先が想像できてしまい、大きく息を吐く。

「おお、羨ましいだろ。俺の息子ユーチだ。今日から一緒に暮らすことになったからな。よろしく頼むぞ」

バルトさんは私を抱え込み、ガシガシと頭を撫でる。

なんだってそんな嘘を……

堂々と嘘をつくバルトさんに呆れながら、無言でされるがままになっている私を見て、クレエンさんは雄たけびを上げてテーブルに屈し、動かなくなった。

かなりショックを受けているようだけれど、いいのだろうか？

相当酔っぱらっているように見えるクレエンさんに向かって、バルトさんは大人げない態度で高笑いをしている。

バルトさんの発言は、クレエンさん以外の人にもなんらかの衝撃を与えたようで、この場がざわつき、おかしな雰囲気になってしまった。

それなのに、爆弾発言をした張本人であるバルトさんは、ここを放置して納品所へ向かうようだ。

歩きながら抗議する視線を向けたのだけれど、上機嫌なバルトさんは全く気にしてくれない。

ほどなく、納品所だろう場所に着く。奥の扉が開かれていて、広い地面が見えた。

屋外だけれど屋根があるので、天候の悪いときでも作業ができるようになっている。

ライトによって照らされた場所には、熊のような動物が吊るされていた。

今まさに、二人の男性によって解体作業が行われようとしているようだ。

野太い掛け声と同時に動き出した二人の男性。

迷いなく突き刺された刃物が、力強く獲物の形を変えていく。

離れている私のところまで、その迫力が伝わってきた。

——凄い。

初めて見る光景にただ目を見張る私をよそに、バルトさんは手前の部屋にいる人物に声をかけていた。

「カイトルさん。相変わらず忙しそうだが、俺の分も頼むわ。今日はイノシシ四頭だ。三頭は依頼分になる。いつものように確認後、依頼書に受領サインをよろしく！」

「了解。外の作業台に並べてくれ」

カイトルと呼ばれた人は、書類作業の手を止めずにバルトさんに返事をする。

四頭のイノシンをバルトさんが並べ終わる頃、カイトルさんが確認に現れた。

ギルドの職員だろうカイトルさんだけれど、バルトさんに負けないほどの体格をしていることがわかり驚く。

つい羨ましくて、鍛えられた筋肉を食い入るように見てしまった。

カイトルさんはそんな私に気付いたようで、お返しとばかりに私をジロジロと眺めてくる。

「バルトの連れが子供とは、珍しいな」

カイトルさんの言葉に、私は慌てて姿勢を正し「初めまして、ユーチと言います。よろしくお願いします」と、頭を下げて挨拶をした。

「おお、よろしくな、ユーチ。俺はカイトルだ。だいたいここの納品所で解体作業をしている」

カイトルさんは、私にも気さくに挨拶を返してくれた。

それから、真剣な表情で作業台に乗せられたイノシンを検分するカイトルさんに、バルトさんは私のことを話していく。

ギルドの受付をしていたアネスさんには誤魔化していたのに、カイトルさんには、私の素性がはっきりしないことも含め、ありのままを伝えることにしたようだ。

カイトルさんのことを、呼び捨てではなくさん付けで呼んでいるところからも、バルトさんにとってカイトルさんは敬うべき相手で、信頼できる人物なのだろう。

バルトさんより年上で、包容力がありそうなカイトルさんは、バルトさんの相談相手なのかもしれない。

検分が終わり書類にサインを済ませたカイトルさんは、私と視線を合わせるように屈むと、バルトさんがするように私の頭を撫で、笑顔を見せた。

「ああ見えて、バルトは信頼できる。遠慮なく頼れ。俺も銅貨一枚（百ルド）で相談に乗ってやる」

カイトルさんは、私にしか聞こえない声で囁き、悪戯っぽく笑いウインクをした。

銅貨一枚だなんて日本円で百円ほどなのだから、子供の小遣いにもならないだろうに……

さりげない気遣いに、カイトルさんの優しさを感じた。

サイン済みの指名依頼書とイノシシ一頭分の受領書を受け取ると、バルトさんと私はカイトルさんにお礼を言い、納品所を後にする。

ずっと大人しかったホワンが気になってポケットを覗くと、疲れたのか丸くなって眠っていた。

カイトルさんから受け取った二枚の書類を受付のカウンターに出すと依頼完了となり、依頼料とイノシシ一頭分の金額を支払ってもらえるのだと、歩きながら教えてもらった。

狩りの仕事を私が熟せるとは思えないけれど、バルトさんの仕事の流れは理解することができたと思う。

ちなみに、まだ受けられていない依頼は、受付カウンターのある部屋の壁に設置された掲示板に張り出されているらしい。

来た道を戻っているので、また居酒屋のような場に来ることになった。

そこは、先ほどより人数が増えて、さらに賑やかになっている。

私たちが部屋に入ると、一斉に注目してきた。

そして、駆け寄ってきた見知らぬ人たちに取り囲まれ、あれよあれよという間に料理と酒の並ぶ中央のテーブルへと押しやられる。

私とバルトさんは無理やり椅子に座らされ、好奇心丸出しの視線に晒されることになってしまった。

先ほどのバルトさんの『息子』発言が原因なのだとわかるから、早く誤解を解かなくてはと思う。

「今日はユーチと二人で、静かなところで飯を食う予定だったんだがなあ～」

などと愚痴りつつも、バルトさんは勧められたビール（?）を受け取って美味しそうに飲んでいた。

バルトさんにとっては、周りの人たちは知り合いなのだろうけれど、こんな状況で寛がないで欲しい。

ニヤニヤしたまま、誤解を解こうとしないバルトさんを恨めしく思う。

「ユーチ君って言うんだね。年はいくつ？」

「はい、ユーチといいます。十歳です」

「ユーチは母親に似てるのか？　黒髪の美人だって噂なんだがどうなんだ？」

「美人かはわかりませんが、私は母親似だと思います」

「バルトの奴、いつの間にそんな美人と出会ってたんだ！」

「……いえ、それは……」

「バルト先輩と一緒に暮らすってホントですか？」

「あ、はい」

「今までどこにいたんだ？」

「えっと……どこでしょう？」

――いたるところから質問が飛んでくる。身元のことなど返事に困るものもあり、曖昧に答えて誤魔化した。

「……本当に、バルトさんの子供なのですか？」

ふと弱々しい女性の声が耳に届き、そちらに視線を向ける。

赤茶色の癖のある髪を肩の辺りでカットした優しそうな女性が、目に涙を浮かべながら真剣な表情で私を見ていた。

これは——!?

もしかしたら、バルトさんを慕っている女性なのではないだろうか？

バルトさんが私の親だとすれば、私の母親とバルトさんがそういう関係だということになる。

好きな人にそんな女性がいるかもしれないと聞かされれば、穏やかではいられないだろう。

バルトさん、何やっているんだよ。ニヤニヤ笑って楽しんでいる場合じゃないだろうに……

早く誤解を解かないと。

私はバルトさんを睨みつけつつ、服を引いて注意を促す。

こっちを見たバルトさんは、私を見て何を思ったのか嬉しそうに笑い、私が状況を説明しようと開きかけた口に小さく切った肉を放り込んできた。

無理やりそれを食べさせられることになった私の口からくぐもった声が漏れ、周りからは訳のわからない歓声が上がる。

なぜ、こんなときに人前で「あ～ん」の再現なんですか？

私は、涙目でバルトさんを睨むのだけれど、酔っぱらっているからか相手にしてくれない。口の中の肉は美味しいのだけれど、こんな状況で楽しむのは難しい。

結局、バルトさんを頼るのをやめて、自分で行動することにした。

私は、少し離れた場所で立っている先ほどの女性のところまでなんとか辿り着く。落ち着いて話をしたいので、トイレの場所に案内してくれるように頼んだ。

そして、その女性の後を追いながら、バルトさんとの経緯を丁寧に説明していく。

彼女とバルトさんの仲を取り持つような、お節介を焼くつもりはないけれど、邪魔はしたくない。

結果、誤解はしっかり解くことができたと思う。

その女性は、私の説明に安堵したようだ。

私にトイレの場所を示すと、穏やかな笑みを浮かべ、嬉しそうに戻っていった。

ふうー。

私はトイレの前で女性を見送り、ホッと息を吐く。

とりあえず、一人には真実を伝えることができたのだから、そのうち嘘だと皆が知ることになるだろう。

どっと疲れが押し寄せてきたように感じた。

ちょうどいいので、トイレを借りて落ち着こう。

私はこの世界のトイレがどういう物か興味が湧き、ウキウキと目の前のドアを開けた。

十二、次の日

――目が覚めた。

目の前には、知らない天井がある。

ここは？

上半身を起こすと、大きな寝台の上だということがわかった。

何がどうなって、ここで寝ていたのか？

昨日ギルドの居酒屋のような場所で、知らない人たちに囲まれながら食事をしていたように思うのだけれど……途中から思い出せない。

食事中に寝てしまったのだろうか？

知らぬ間に寝台に寝かされ、スッキリした朝を迎えている私は、警戒心もなく熟睡(じゅくすい)していたのだろう。自分の暢気(のんき)な様子に呆(あき)れる。

改めて周りに視線を向けると、生活感のある部屋の真ん中で大の字に倒れているバルトさんを発見した。

私は慌てて寝台から降り、そっと覗き込んで状態を確認する。

バルトさんは、穏やかな顔で大きくゆっくりとした呼吸を繰り返していた。

ただ寝ているだけなのがわかり、私は安堵の息を吐く。

ここは、バルトさんの家なのだろう。

バルトさんの衣服がいたるところに脱ぎ散らかしてあることから気付く。

寝てしまった私を、ここまで運んでくれたのだと思うと申し訳なくなる。

それに子供の私なら、部屋にあるソファーでも十分に足を伸ばして寝ることができただろうに、私に寝台を貸して自分は床で寝てしまうのだから……お人好しすぎるバルトさんにため息が出た。

自分にかけられていた毛布を、寝ているバルトさんの上にそっとかける。

過ごしやすい気候なので、寒さを感じることはなかっただろうけれど、床の上では寝心地が悪いはずだ。

ぐっすり眠っているバルトさんの寝顔に穏やかな眼差しを向ける。

私が着ていたベストは丁寧にたたまれ、シューセントさんから贈られた肩掛け鞄と一緒に近くの棚の上に置かれていた。

あれ……ホワンは？

鞄のポケットを覗くとホワンがおらず、私は慌てて辺りを見回す。

寝台の横にちょこんと揃えてあった私の靴の中に、見覚えのある白い毛玉を見つけ、ホッと息を吐く。

でも、なんでまた靴の中なんかに……

バルトさんが『洗浄』してくれていればいいけれど、靴の中場所では寝心地がいいとは思えない。

それに、よく見ると丸くなって寝ているホワンと一緒に、昨日購入した木の実も数個入っていることがわかり、ますますなんでそんなところに……と苦笑が漏れる。

テーブルの上には、水の入った小さな皿と木の実が転がっていた。昨夜バルトさんがホワンのために用意してくれたのだろう。

寝てしまった私を運んでくれただけでなく、ホワンの世話まで……何から何までお世話になってしまい心苦しい。後できちんとお詫びとお礼を伝えなければ。

主人が寝ている間に、家の中を探索するのは気が引けるので、大人しく寝台に腰掛け、バルトさんが起きるのを待つことにした。

カーテンの隙間から漏れる明かりを目にし、すっかり日が昇っているのだと知る。

一晩寝ても元の場所に戻れていないことから、もう中田祐一郎に戻ることはないのだろうと感じた。昨日一日の出来事である程度は覚悟していたからか、衝撃は少ない。

ゴロンと寝台に寝そべり、意味もなく天井を眺（なが）める。

そういえば、朝六時に鐘（かね）が鳴るはずだけれど、今は何時だろう？

私は、朝の日課である腕時計のぜんまいを巻く作業のついでに、時刻を確認しようと腕時計を見やる。

時刻は、【06時55分】。もう、六時の鐘（かね）は鳴った後のようだ。

目覚ましがなくても、五時頃には目が覚める習慣がついていたのだけれど、すっかり寝過ごしていたことがわかり苦笑する。

それと同時に、腕時計の変化に気付き、目を見開いた。

まじまじと観察すると、ぜんまいを巻くための摘（つま）み部分が消失し、黒色の文字盤にあった時刻を示す目盛りの内側に、新しく円形のラインが現れていた。

そのラインの四分の一ほどが、今は銀色に光っているのだけれど、これは何を表示しているのだろう？

変わってしまった腕時計を前に、私は首を傾（かし）げる。

ぜんまいを巻くことができなくなったものの、今のところは、問題なく時を刻んでくれていることを、動いている秒針を見て確認した。

このまま動き続けてくれるといいのだけれど……

その他に、日付の表示が【0】になってしまっていることにも気付くが、摘み部分が消失してしまっているので、どうすれば新たに設定することができるのかわからなかった。

息を吐き、眉間に皺を寄せたままなんとなく【0】と表示されている部分を指で突く。

すると突然、時刻を示していた文字盤が日付表示部分を残して真っ黒になってしまった。

「え⁉」

私は驚いて飛び起き、黒くなった画面を覗き込む。

目の前で、切り替わるように一瞬で変化した腕時計に動揺する。

壊れてしまったのか？

最悪の可能性が頭を過り、身体が強張った。

おそるおそる、唯一残された日付表示部分に触れれば、何事もなかったかのように元の時計に切り替わり安堵する。

「どういうことだろう？」

タッチパネルのような反応をした腕時計を、驚愕の表情で眺める。

私はもう一度指で触れ、先ほどと同じように切り替わった真っ黒な画面を確認する。

意味がわからない。

試しに真っ黒な画面をスライドさせてみたけれど、何かが表示されることはなかった。

よくわからない状況に、心臓がドキドキと鼓動を速める。

バルトさんに魔法を見せられたときのように浮き立つ自分を、落ち着かせるべく深く息を吐く。

私が変わったように、腕時計も変化したのだろうか？

そうだとしたら若返り、魔力を持つことになった私と同じく、腕時計にもなんらかの新たな機能が備わっていたとしてもおかしくないのかもしれない。

時計として問題なく機能していることに安堵しながらも、その変化に興味を覚えた。

寝台の上に寝そべり、靴の中でグッスリ眠るホワンを目を細めて眺めていると、バルトさんが身動きするのがわかった。目を覚ましたようだ。

のっそりと上半身を起こしたバルトさんは、まだ頭がはっきりしないのか眠そうな目で自分の頭をガシガシと掻き、大きな欠伸をする。

「おはようございます」

私は寝台から降り、バルトさんに近付いて笑顔で朝の挨拶をした。

バルトさんは私の声にハッとしたように目を見開き、私の存在を確認するようにまじまじと見ると、ホッと表情を緩める。

「ああ、おはよう！　ユーチはもう起きてたのか？　昨日は、誰だか知らねえがユーチに酒を飲ませやがったからな、どこか具合が悪かったら言ってくれ」

「え！　私は、お酒を飲んだのですか？」

「ああ、気付いたら真っ赤な顔でフラフラしてたんで焦ったわ」

そうだったのか、だから記憶が曖昧だったのだなと納得する。

祐一郎のときもあまり酒に強くはなかったから、子供の身体ではなおさらだろう。

改めて自分の体調を確認したけれど、どこにも異常を感じなかったので「大丈夫みたいです」と、問題ないことを伝えた。

「そうか、良かった」

バルトさんは安心したように笑うと、私の頭を撫でてから、自分の身体を解そうと動かしはじめる。時々ゴキゴキと骨の音がした。

やっぱり、床の上で寝るのは良くなかったのだろう。

「すみません。私が寝台を使ってしまったから……床で寝て、どこか痛くしてしまいましたか？」

私がバルトさんを心配して尋ねると、バルトさんは「ん？　大丈夫だぞ。いつも通りバッチリだ！」と言いながら、身体を捻ってまたゴキッと大きな音を出した。

ニヤリと笑ったバルトさんの自慢げな顔がおかしくて、私もつられて笑ってしまう。

柔軟体操だか、準備運動のようなものを終わらせると、バルトさんは家の中を案内してくれた。

寝台やソファーなどが置かれている大きな部屋には、小さな台所が備えてあった。

水の出し方やコンロの使い方を教えてもらったが、日本の物とそれほど違いがなかったので、それが魔石を利用した魔道具だと聞かされ驚く。

そして、洗浄魔法が存在するからか、浴室がないことを知り残念に思った。

冬場は毎日湯船に浸かり温まりたかったのだけれど、風呂という存在を知らないようなので、今は諦(あきら)めるしかないだろう。でも、いつか風呂を実現させ、バルトさんにも入ってもらいたいと思う。

きっと、気に入ってくれるはずだ。……そのときの驚いた顔や子供のようにはしゃぐバルトさんの姿が思い浮かび、頬(ほお)が緩(ゆる)む。

私が使わせてもらう予定の部屋も見せてもらう。

六畳ほどの部屋は物置にしていたらしいが、いくつか荷物が置かれているだけだったので、少し埃(ほこり)っぽいところを掃除(そうじ)すれば、そのままでも暮らせそうに思えた。

後から、寝台などの必要な物を買いに行く約束をし、次に移動する。

トイレの場所を説明されてバルトさんが扉を開けた瞬間、身体が強張(こわば)る。そして昨日の出来事を思い出し、身震いした。

見た目は洋式の便器とほとんど変わらなく見えるそれの……中が違ったのだ。

トイレの穴の奥にむにゅむにゅした生き物を、私は確かに見たのである。

昨日、用を足した後にその事実を目にし、恐怖から転げ出るようにトイレから脱出した。そこからの記憶が覚束なかったのは、酒のせいだけではなかったのだと知る。

なぜ、トイレの中に生き物がいたのだろう？

それも、むにゅむにゅした私の苦手とする生き物が……!?

バルトさんの服を掴み、それ以上トイレに近付くことを阻止すると、私は深呼吸をする。

そして、もしかしてここにもその生き物がいるのだろうか？　と、おそるおそる質問した。

答えは「是」であった。

〝ムニュム〟という名の大きな芋虫型の生き物が、排泄物や腐敗物を食べているのだと説明された。

そして、ムニュムの肛門から排泄される物質が、良質な肥料になるというのだから驚くしかない。

ムニュムは、身体から土を固める粘液を出すことができるため、土の中に何通りもの通路や巣を作っているのだという。

想像すると恐ろしいのだけれど、この街の地下には数えきれないほどのムニュムが生息しているらしい。

その生き物の役割を思うと、ここで暮らす人々にとってムニュムは必要不可欠な存在なのだと理解できた。

共存しなければ生活できないのだから、嫌でも受け入れなければならないとわかり、肩を落とす。

私が、むにゅむにゅした生き物を苦手としていることを察したバルトさんが、ムニュムは光を嫌う性質があるから明るい場所に姿を見せないことや、建物はトイレなどから部屋に出てくることがないように設計されていることを教えてくれた。

それにより、意識して見ようとしなければ姿を見ることが難しい生き物なのだと知ることができ、どうにか落ち着けたのだった。

十三、買い物

トイレの場所で少々足を止めることになったけれど、短い時間で家の中を見て回ることができた。

バルトさんがカーテンを開けると、部屋が一気に明るくなる。

ホワンが驚いたように靴から顔を出し、キョロキョロと辺りを見渡す仕草が可愛(かわい)くてクスクス笑う。

私に気付いたホワンは、寝起きを思わせない素早さで私の肩まで駆け登り、頬(ほお)に擦り寄ってくる。くすぐったくて、私の口からまた笑いが漏(も)れた。

今日もいい天気のようだ。

ホワンを肩に乗せたまま背伸びをして窓からの景色を眺(なが)めようとすると、バルトさんが軽々と持ち上げてくれる。

「ありがとうございます」

お礼を口にしながら、いつの間にか、抱き上げられることに慣れてしまっている自分に呆れる。

開けてくれた窓から外を見て、ここが二階だったのだと気付き、慌てて降ろしてもらう。

肩にいるホワンが落ちてしまわないか心配になったからなのだが、ホワンは私の肩から頭に位置を変え、外の景色を眺めているようだ。高い場所でも平気な様子のホワンにホッとし、苦笑する。

そろそろ八時の鐘が鳴る頃だろうか。

馬車一台が通れるほどの道には、荷物を担いだ人などが忙しそうに行き交っていた。

昨日歩いた大通りや広場と違い、作業着のような服を着ている人が目立っている。

この辺りは、いろいろな技術を持った職人の工房が集まっているのだと、バルトさんに教えられ、「ドンドン、ガンガン」という、聞き慣れない大きな音にも納得する。

ここの下の階も、鍛冶職人の工房なのだそうだ。

その工房は、一年ほど前まで親父さんが健在で、バルトさんを含め馴染みの冒険者がよく足を運んでいたらしい。

けれど、亡くなった父親の後を継いだ息子が変わり者で客足が遠のいているのだと、バルトさんは気遣わしげに語る。

この家の大家でもあるらしい息子を心配しているようだ。

バルトさんの様子から、悪い人ではないと思うのだけれど……

どう変わっているのか気になる。

「買い物ついでに、外で朝飯だな！」

出かける支度をするバルトさんに仕事のことを尋ねると「これまで真面目に依頼を受けていたから、しばらくはのんびりする」のだと笑顔で返された。

どう考えても、私のせいだとわかるのだけれど、バルトさんは意に介さず、楽しそうに振る舞う。

申し訳なく思いながらもバルトさんの厚意に感謝した。

バルトさんが『洗浄』の魔法で綺麗にしてくれたのだろうか、身体も服もさっぱりしている。

昨日と同じ恰好だけれど、不快感はない。

私は、肩掛け鞄からお金の入った袋を取り出す。

思わぬ収入があったので、部屋代としていくらかをバルトさんに受け取ってもらおうと思ったのだ。

宿屋や貸家にどのくらいのお金が必要かわからなかったため、とりあえず小金貨一枚（十万ルド）をバルトさんに渡そうとしたのだが、なぜか不機嫌な顔で睨まれてしまった。

「俺から一緒に暮らすことを提案したのに、金を貰うわけねえだろ？　それに、この家の家賃は、ひと月（三十日）銀貨一枚と小銀貨五枚（一万五千ルド）だぞ！　小金貨なんて普段の買い物でもめったに使わねえもんだ。今みたいに人前でほいほい出すんじゃねえぞ。子供がそんな大金を持ってるのがわかったら、悪い奴に目を付けられるだろうが」

眉間に皺を寄せて告げられたバルトさんの言葉に、私は神妙に頷き、反省する。

確かにお金の価値を知らなければ、いらぬトラブルに巻き込まれかねない。

今日の買い物で、こちらの物価をきちんと把握できるようにならないと。

ホワンは、私が何も言わなくても出かけることがわかったのか、自分が持ち込んだ木の実と一緒に鞄のポケットの中に入っている。クコの実に似た赤い実がお気に入りらしい。

年月を感じる階段は一段一段が広く高さがあり、軽い恐怖を覚えた。

先を行くバルトさんの速度で下りるのは早々に諦め、転げ落ちないように気を付けながらゆっくり慎重に下りていく。

「よいしょ、よいしょ」と、掛け声が口から漏れそうになりながら無事最後の一段を下り、ふーっと息を吐く。この階段を上り下りするだけで、相当足腰が鍛えられそうだ。

階段の下で、私を見守っていたのだろうバルトさんは、うんうんと頷いて微笑むと、頑張った子供を褒めるように私の頭を撫でてきた。優しい眼差しとセットなので、気恥ずかしくて顔が赤くなる。

しばらく私を撫でて満足したのか、バルトさんは「挨拶に行くぞ」と声を掛け、先ほど話題に上った鍛冶屋の扉を開けた。

「おーい、カジドワ。起きてるか？」

「はいはい、起きていますよ。朝からそんな大声で呼ばなくても……」

ブツブツと文句を言いながら顔を出したのは、バルトさんより若く見える小柄な男性だった。

ガッチリとした体格の鍛冶職人を想像していた私は、成人した祐一郎と似たような背恰好の人物に親近感が湧く。

髪の毛がボサボサで、眠そうな目をしたカジドワと呼ばれた男性は、「で、今日はどんな御用で？」と、どこかやる気がなさそうな態度で対応している。

「今日は客じゃなくて、報告だな」

バルトさんは、カジドワさんの無愛想な態度を気にすることなく、笑顔で私の背を押してカジドワさんに向き合わせた。

「これから、二階で一緒に暮らすことになった、俺の息子ユーチだ。十歳のガキだがしっかりしてるから、迷惑を掛けることはないはずだ。これまで同様よろしく頼むわ」

バルトさんの紹介に、まだ息子設定を続けるつもりなのかと驚いたが、とりあえず笑顔で「ユーチです。よろしくお願いします」と頭を下げておく。

カジドワさんは細い目を最大限に見開いて、私を凝視する。

その後オロオロと慌てて出し、私とバルトさんを交互に見やると「息子？　えっ、いつの間に!?」と、ギルドにいた人たちと同じように驚き出した。

バルトさんは平気な顔で「じゃあ、そういうことで！　またな～」と手を一振りすると、私の手を取り鍛冶屋を後にしようとする。

私は慌てて振り返りもう一度頭を下げ、まだポカンとしているカジドワさんに手を振って別れた。

鍛冶職人には見えなかったけれど、変わり者だっただろうか？

私はバルトさんに連れられ、家具などの日用品をまとめて売っているという店を目指した。

「まずは寝具一式だな。机や椅子、棚もあった方がいいか？」

バルトさんが言っていた通り様々な工房があるようで、陶芸品や革細工、武器や防具などが並んでいる店先が目に留まる。

途中で職人相手に営業している屋台を見つけ、串焼きを購入した。

歩きながら食べたのは、何年振りだっただろう？　日本の祭りを思い出して懐かしくなる。

手や口の周りに串焼きのタレが付いてしまい慌てる私を、バルトさんは声を上げて笑った。

串焼きが、熱くて大きすぎたのだから仕方ない。

バルトさんのように二口で食べるのは無理なのだから。

笑いながらも、魔法で綺麗にしてくれたので、文句は言えないけれど……

一瞬で、ベタベタしたタレの感触がなくなるのを目の当たりにし、胸が躍る。

やっぱり洗浄魔法は凄い！　私も早く覚えたい。

そして、目当ての店に着く。

そこは、何軒かの工房が商品を持ち寄って営んでいるらしく、かなり大きな規模の店だった。

ここだけで、日用品のほとんどを手に入れることができそうだ。

高級品ではなく、手ごろな値段が好評で、庶民が多く利用しているらしい。

バルトさんの部屋の家具は、前の住人が残していった物がほとんどだったようで、「こういった店に来たのは初めてだ」と、嬉しそうに私と一緒に店内を見て回っている。

二人で必要な物を選ぶのが楽しくて、つい買いすぎてしまったかもしれない。

寝具一式、机、椅子、棚、衣服など……

ほとんどが私の物だったけれど、ホワンに必要そうな物や、二人で使う食器に料理をする道具も追加して買うことに決めた。

バルトさんが一人のときは、外食がほとんどだったので必要なかったようだが、たまには自分たちで料理をしてみようという話になり、購入することにしたのだ。

自炊歴一年の経験では、大した料理は作れないけれど、バルトさんと一緒に男の料理を模索するのも面白そうだ。

二人で使う物も買ったので、バルトさんにも少しお金を出してもらうことになってしまったが、三万八千ルドでそれらを買うことができたのは、私の感覚では凄く お得だったと思う。

バルトさんの値切りには、見ていてハラハラしたものの勉強にはなった。

自分が値切れるようになる姿は想像できないけれど。

筆記用具は自分の肩掛け鞄に入れ、それ以外の購入品はバルトさんの収納袋に入れてもらった。

私たちは身軽なまま、次は教会の施設、孤児院へ向かう。

十四、街の子供

先ほどの店で購入した紙に、この街の地図をバルトさんに書いてもらった。

「簡単でいい」とお願いしたので、とても大雑把な地図になっている。

余計な物が書かれていないからわかりやすいのではないかと思う。

紙には、東西南北にある四つの門から、時計塔のある中央広場につながる道が記入されていた。

北門の近くに『ギルド』。西門側には『領主』『貴族』『教会』と、バルトさんの文字がある。

北門から南門の間に東門があり、『職人街』『俺とユーチの家』とあることから、今歩いているところは東門付近だとわかった。

東門は、街を囲む石壁の横に付け足されたようにあった、木の柵で囲われた部分へ通じているらしい。木の柵の中では家畜が飼われ、農地が広がっているという。

主にそこで働く人たちが出入りする門のようで、華美な装飾のない質素な門(もの)なのだとか。

近道だという、地図にない細い道から街の中心『中央広場』を目指している。

今歩いている道と同じような路地をいくつも見かけた。うっかり迷い込めば、どこにいるのかわからなくなりそうだ。

道を覚えるため、目印になる場所を探しながら歩いていた私は、横の細い路地から近付いてくる存在に気付けなかった。

フラフラと、重そうなバケツを持った少年にぶつかってしまう。

「うわっ⁉」

ガシャン……！

転びそうになる私を、すかさずバルトさんの手が支えてくれたので、驚いたけれど倒れずに済んだ。ホワンも驚いたようで、ポケットから顔を覗(のぞ)かせていた。近くに人がいたからか、すぐに引っ込んでいたけれど。

「ご、ごめんなさい。すみません」

ぶつかった拍子に持っていたバケツを落とし、中身の土を半分ほどこぼしてしまった少年は、ひたすら頭を下げて謝罪してくる。

「こちらこそすみません。よそ見をしていた私も悪かったので、頭を上げてください」

私は、謝罪をやめさせようと声をかけた。

「いえ、僕が急いでいて、ふらついていてぶつかったから、僕が悪いです。ほんとにごめんなさい」

頭は上げてくれたのだけれど、続けて謝罪されて困ってしまう。

ちょっとぶつかっただけで、怪我をしたわけではないのだ。

「あの、急いでいたのでは？　私はなんともないので、仕事を続けてください」

この少年には言葉で言っても伝わらないと思い、バケツの周りのこぼれてしまった土をバケツに戻してもいいか尋ねた。

訳もわからず頷いたらしき少年は、私がバケツの前にしゃがみ込み、サッサと手で集めた土をバケツに戻していく姿を見て驚いている。

「え？　あっ……いえ、僕が」

少年も慌てて土を集めはじめる。

一生懸命、手を動かしながらも「すみません。ありがとうございます」と、感謝の言葉を口にする少年に頬が緩む。素直ないい子だな……

今の自分より背の高い少年に対して失礼かもしれないけれど、感じのいい彼のことを微笑(ほほえ)ましく思ってしまう。

バルトさんは、いつの間にかちょっと離れた場所に移動しており、目立たないように私たちのやり取りを見守っている……つもりなのだろうか。

視線が合うと、よくわからない笑顔で手を振られてしまった。

子供は子供同士、仲良くやれってことなのだろうけれど、実際は、私が本当の子供ではないから、バルトさんの心遣(こころづか)いは決まりが悪い。

――だいたい集め終わったかな？

顔を上げると、私に訝(いぶか)しげな視線を向けているガッチリした体格の少年の存在に気付く。

「コブ、何があった？」

そのガッチリした体格の少年は、私にぶつかった少年の知り合いだったようだ。

低い声で問いかけられた少年、コブ君（？）の肩がビクッと震える。

「あ、あの、僕がこの子にぶつかっちゃって、それで、こぼした土を一緒に集めてくれてたんだ」

コブ君は、自分の失敗を申し訳なさそうに話す。

「だから、昨日と同じ量にしとけって言っただろ。ノロノロフラフラしていたら迷惑だ」

「……うん、そうだね。今度は欲張って一度に運ばないようにする。心配かけてごめんね」

きつい感じでコブ君に注意するガッチリした体格の少年も、コブ君と同じようなバケツを持っている。

コブ君は、両手で一つのバケツを運ぶのも大変そうだった一方、その少年は両方の手に重そうなバケツを一つずつ持っているのにふらついてもいない。

どうやら、土をどこかへ運ぶ仕事を一緒にしていたようだ。

コブ君が来ないので心配して戻ってきたらしいから、見かけと違い優しいのかもしれない。

「悪かったな。手、見せてみろ」

両手に持っていたバケツを足元に置き、私に向かって手を差し出してくる。

「ん？」

「こぼれた土を集めてくれたんだろ？　綺麗にしてやる」

「えっ」

ガッチリした体格の少年は、もたもたしている私の手を強引に引っ張り、両手の平を上に向けた状態にし「そのままジッとしていろ」と、指示を出す。

そして、真剣な表情で私の手を凝視しながら「洗浄！」とはっきりと声に出して唱えた。

あ……

発動に少し時間が掛かったけれど、見事に綺麗になった手を見て感心する。

十二か十三歳くらいの子供に見えるけれど、もう『洗浄』の魔法が使えるようだ。

その少年は無事に魔法が発動したことを確認すると、満足そうに目を細め、一瞬だけ笑みを浮かべた。

「ありがとうございます」

私が笑顔でお礼を伝えると「……おお」と少年は愛想のない返事をし、赤くなった頬を隠すように顔を背けてしまう。

「……もたもたしていたら日が暮れちまうから、俺は先に行くぞ。コブは周りに迷惑を掛けないようにゆっくり来い。場所は昨日と同じだからわかるだろ？」

「うん。わかった。そうする」

ガッチリした体格の少年は、コブ君の返事を聞くとそのままさっさと歩き出してしまう。

去っていく少年は、コブ君よりさらに背が高かった。

言葉遣いはぶっきらぼうでちょっと乱暴だけれど、コブ君を見下しているようには感じない。

むしろ、力のないコブ君が無理をしないように気遣っているように思えた。

「よいしょっ」

コブ君もバケツを持ち上げ、先を行く少年を追うように歩き出す。

私の前で一旦立ち止まり控えめな笑みを浮かべたコブ君は、軽く頭を下げて挨拶をすると、前を見据え歩き出す。

今度は慌てず自分のペースで足を動かしていく。ゆっくりだけれど一歩一歩、確実に前に進むコブ君の姿に励まされる。

甘えたり甘やかしたりするのではなく、それぞれができることを一生懸命に頑張っているのだとわかった。

あんな風に、お互いを信頼できる仲間と一緒に、何かをやり遂げることができたら楽しいし幸せだろうと思え、少し羨ましくなる。

二人を見送っていると、バルトさんが近寄ってきた。

「ムニュムの排出物を、畑まで運んでいくんだろう。ギルドにそういった依頼があるからな」

私と同じように、少年たちが去っていった方に視線を向けたバルトさんがボソッと呟いた。

ん⁉　ムニュムの排出物……？

「そう、あれがムニュムの糞だ！」

――バルトさんに事実を告げられ、呆然とする。

「っ！」

ただの土だと思っていたあれが、汚物を食べるムニュムの、糞？

良質な肥料だという糞は、確かにしっとりとして柔らかかった。

においも、まったく気にならなかったのだけれど……

私はガッチリした体格の少年に魔法で綺麗にしてもらった手を見つめる。

——知らずに素手で糞を触っていたのだと知り、ショックで頬が引きつった。

手を見たまま硬直している私がよほどおかしかったのか、バルトさんに声を上げて笑われた。

時計塔が、十二時の鐘を鳴らす。

十五、食堂

「いらっしゃい」

バルトさんの行きつけの食堂が近くにあったので、そこでお昼を食べることにした。

「おや、今日は可愛い連れと一緒なんだね。テーブルの席が埋まってるから、カウンターしか空いてないんだけど、そこでもいいかい？」

「おお、いいぞ。お勧めを二人分頼むわ」

「はいよ～」

ちょうどお昼時だったこともあり、あまり広くない食堂の中はもう少しで満席になりそうだ。

バルトさんは忙しく働く恰幅のいいおかみさんに声を掛け、慣れた様子で二人分の料理を注文してくれた。

そして私を持ち上げ、調理場が見えるカウンターの椅子に座らせてくれる。

肩掛け鞄の位置を直すついでにポケットの中のホワンを窺う。鼻をひくつかせ、キョトンとした顔で見上げてくるホワンの頭をそっと撫でる。食堂に動物がいたら迷惑になるだろうから外には出せない。残念だけれど『もう少しこのままでいてね』と、手に頬を擦り寄せてくる可愛いホワンの頭をいたわるようにもう一度優しく撫で、鞄のポケットに蓋をする。

私は高くなった視界から、不躾にならないように、チラチラと店内の様子を窺った。

おかみさんが厨房にいる男性に向けて、注文された料理と数を伝えている。

なぜか皆、バルトさんと同じ、『お勧め』料理を頼んだようだ。

お勧め料理が、特別人気なのか？

他のメニューがないのか？

大人の手の平ほどのパンが二個とナイフを使わなくていいように一口大に切り分けられた肉。具だくさんのスープが、今日のお勧めメニューのようだ。

「おまたせ！」というおかみさんの元気な声が響き、待っている客のテーブルにそれらの料理が並べられる。

そして、一人前銅貨五枚（五百ルド）を「まいどあり！」と受け取っているおかみさんを、視界に捉えた。

どうやら、料理の代金はその場で支払うらしい。

百ルド＝百円くらいの感覚だったので、かなりボリュームのある料理が五百ルドだと知り、驚いてしまう。

そういえば、朝食べた大きな串焼きも一本百ルドで、凄くお得だったのだ。

私は、銅貨五枚を鞄から取り出し、バルトさんに手渡す。

バルトさんは「なんだ？」と不思議そうに銅貨と私の顔を見比べていたけれど、それが一人前の料理の代金だということに気付いたようだ。

私はにこりと微笑んで「朝の串焼きは奢ってもらったので、自分の分だけですが、今度は自分で支払いたいです」と、銅貨をのせたバルトさんの手を両手で包むように力を入れ、強引に受け取らせた。

バルトさんは私が引かないことを見て取ると、諦めたように息を吐く。

「仕方ねえなあ」

そう呟きながら、子供の我儘を受け入れたような表情で私の頭を撫でるのはやめて欲しい。

それほど待たされずに、私たちの前にもその料理が置かれる。

バルトさんから二人分の代金を受け取ったおかみさんは「熱いから、気を付けてお食べ」と、私に微笑んでくれた。

営業スマイルなのかもしれないけれど、心が温かくなる。

「ありがとうございます」私も笑顔を返した。

「今日は、コッコ鳥の香草焼きと、ポポトのスープか……」

バルトさんの呟きで、皿にある肉がコッコ鳥という鳥肉で、スープにゴロゴロ入っているジャガイモのような野菜がポポトなのだとわかった。

「ユーチは苦手な物はないか？　好き嫌いなく食べられた方がいいが、無理する必要はないぞ」

バルトさんが、私を気遣って声を掛けてくれる。

私は、日本でも特に苦手な食べ物はなかったので、「大丈夫だと思います」と返事をした。

けれど、量が多いので全部食べるのは無理だと思う。

私は、バルトさんに食べられない分を食べて欲しいとお願いし、手を付ける前にバルトさんの器に料理を移すことにした。

「おい、もうちょっと自分で食べろよ」

バルトさんに心配されたけれど、この身体では、本当に少ししか食べられないので仕方がない。

あらかた移し終わり、ホッと息を吐く。

「いただきます」と手を合わせ、ふと思う。

あ、手を洗っていない。

日本では、おしぼりが用意されていることが多かったため、素手でパンに触れる前に手が止まってしまった。

「どうした？」

バルトさんに首を傾げられる。

「あ……手が汚れているような気がして……」

しどろもどろに言葉を口にしながら、そういえば日本人は衛生面に対して潔癖すぎると言われていたような……と、外国人から見た日本人の印象を思い出して言葉に詰まる。

ここでも私の行動は、不可解に映るかもしれない。

不安に思う私に「ん？　そうか？　じゃあ、『浄化』な」とバルトさんは、あっと言う間に『浄化』の魔法で私の手を綺麗にしてくれた。

「あ、ありがとうございます」

反射的にお礼を述べポカンとする私の口に、コッコ鳥の肉を突っ込まれそうになり我に返る。

不覚にも、また「あーん」をされるところだった。

目を見開く私に、バルトさんはニヤリと笑い「早く食べろ」と促す。

私は、気を取り直して目の前の料理に意識を向ける。

一個のパンを少しちぎり、残りは全てバルトさんの皿に載せた。

食べ応えがありそうなパンは、半分でも多いと思う。

自分の皿に積み上げられたパンに目をやり、何か言いたそうに私に視線を向けたけれど、バルトさんは無言でコッコ鳥の香草焼きを頬張り、美味しそうに咀嚼しはじめた。

満足そうな顔で、私にも食べろと目で促してくるので、パンの素朴な味を楽しんでから、バルトさんお勧めの香草焼きを口にした。

美味しい！

朝の串焼きのようなコッテリとした味も良かったけれど、香草の味が利いてスッキリしているのに、肉の旨味を十分に感じるこの料理も凄く美味しいと思う。

外側のパリッとした香ばしい食感も良い。

ニコニコと頬を緩ませながらモグモグと咀嚼する私の顔を、バルトさんは笑いながら眺めていた。

ポポトは、見た目だけじゃなく味も食感もジャガイモと同じように思えた。

息を吹き冷ましながら、濃厚でトロリとしたスープが絡まるポポトを口にする。

初めて食べたはずなのにどこか懐かしく感じ、気持ちが和らぐ。

夢中で食べていたようで、気付いたときには食堂の客はわずかに残っているだけになっていた。

バルトさんも、あんなにあった料理を全て平らげ、私が食べ終わるのを待ってくれていたようだ。申し訳ない。

まだ残っている料理を、急いで口に入れる。

「慌てなくていいぞ」

バルトさんにそう言われても、じっくり見られながら食べるのも居心地が悪いので、できるだけ早く食べてしまいたい。

料理を食べ終わった客の声が聞こえてきた。

「この頃のお勧め料理が、ポポトばかりなのが気になるんだけど？」

「ああ、悪いねえ。訳あってポポトを大量に仕入れることになっちまったもんだから、まだしばらくポポト料理が続くことになりそうなんだ。ポポトを使った新しい料理法でもあれば、お客にも飽きられずに済むんだろうけどね。私らじゃ、代わり映えのしない煮込みスープになっちまう。ひいきにしてくれているのに申し訳ないね」

「まあ、いつものスープも美味いから、また寄らせてもらうよ。ご馳走さん」

ちょっと残念そうに去っていく客を、困ったように見送るおかみさんの顔が気になった。

ポポトって、蒸したり揚げたりはしないのかな？

じゃがバターやポテトサラダ、フライドポテトは、大人になっても好きな人は多いと思うんだけど……

ポテトサラダはマヨネーズがないと難しいものの、フライドポテトなら簡単にできそうだ。

油をたくさん使うことになるけれど……

「坊ちゃんは、ポポト料理を知っているのかい？」

「えっ」

突然、食堂のおかみさんから声を掛けられ驚いた。

「ちょっと、坊ちゃんの独り言が耳に入っちまってね。もし、私らの知らないポポトを使った料理を知っているなら、教えてくれないだろうか。高額ではないけれど謝礼も用意させてもらうよ。どうだろう？　お願いできないかい？」

今考えていたことが、口に出てしまっていたようだ。

おかみさんの必死の様子が伝わってきて断りづらい。

――どうしよう。

バルトさんに尋ねるように視線を向ければ、なぜか楽しそうに笑っていた。

私の知識で、おかみさんの期待に沿う料理ができるだろうか？

ポポトだって、似ているけれど私の知っているジャガイモではないのだから、日本と同じ料理に仕上がるかわからない。

新しい料理の手がかりくらいにはなるかもしれないけれど……

おかみさんの期待のこもった視線と、子供みたいにウキウキした顔をしたバルトさんを見て、つい頷いてしまっていた。

十六、料理

「そうと決まったら、早速伝授いただこうか」

お昼を食べに来ていた客が店を出ていき、私とバルトさんだけになると、おかみさん（マカイナさん）は店を閉めてしまった。

私から料理を教わるために、わざわざ閉めたのかと思い戸惑ったが、この食堂『まんぷく亭』はお昼と夜の食事の時間帯だけ営業するのだそうで、お昼が終われば一旦店を閉めるのが通常なのだと、マカイナさんに説明された。

しかし、それなら、夜の営業時間までに料理を教えなければならないのではないかと思い至る。

マカイナさんが厨房で片付けをしていた男性を呼び寄せた。

男性の名前はラッシャイさんといい、マカイナさんの旦那さんだという。

厨房から出てきたラッシャイさんは、マカイナさんから事情を聞き、子供姿の私を見て訝しげな顔をした。

口に出してはいないが「こんな子供が？」と思っているのだろう。ラッシャイさんの気持ちはよくわかる。

申し訳なく思いながら簡単に自己紹介をし、とっとと本題に移ることにした。

初めに調理器具や調理方法、調味料などの食材について質問し、ラッシャイさんに答えてもらう。

結果、醤油・味噌・みりん・酒（日本酒）などの、日本的調味料がないことがわかった。

定番の【肉じゃが】は、諦めなければならない。

けれど、【じゃがバター】【ポテトサラダ】【フライドポテト】【コロッケ】は作れそうだ。

スライサーがないけれど、薄く均等にカットすることができれば、【ポテトチップス】もできるかもしれない。

マヨネーズは存在していなかったが、マヨネーズの材料である、卵黄・塩・酢・コショウ・食用油を揃えることはできた。

酢と油は元になった原料が違うから、味は少し変わるだろうけれど、それらしいマヨネーズができると思う。

ラッシャイさんが『浄化』の魔法を使うことができたのも良かった。

卵の菌に関しても安心できる。

パン粉は、バルトさんの【風魔法】であっという間にでき上がった。

フードプロセッサーも真っ青である。是非、マヨネーズ作りのときにもお願いしたい。

きっと、立派に泡だて器の代わりになってくれるだろう。

蒸し器は、同じサイズの鍋をかぶせるようにして試すことにした。

確認を終え、作れそうな料理をラッシャイさんたちに説明する。

私の言葉ではどんな料理なのか想像できないようで、頷きながらも戸惑っているのがわかった。

自分でサラッと料理を完成させられれば、恰好よかったのだけれど。

バルトさんに、鍋を持つことも包丁を持つことも止められてしまった私は無力だった。

確かに鍋も包丁も大きすぎて、今の私では扱いきれないのだから、仕方がないのだけれど。

「なんの料理を試せばいいかな……？」

私が思案しながら呟くと、「「「全部で！」」」という声が、大人三人の口から勢いよく返ってきた。

その勢いに驚かされたけれど、作業をするのはラッシャイさんたちなので私に異論はない。

むしろ懐かしい料理を作ってもらえるのは嬉しい。

戦力外の私は、少しでも手際よく作業ができるように指示を出すことにした（偉そうだけど）。

バルトさんも手伝うようで、似合わないエプロンを身につけ張り切っている。

ホワンのことを話すと、厨房の隅の小さな部屋を貸してもらえた。ホワンはそこで留守番になる。厨房ではいろいろな意味で危険になるから仕方がない。

買ったばかりの寝床やトイレを置き、どこまで理解できるかわからないけれど、言葉と仕草でそれらを説明する。食器には木の実と水を用意した。

ホワンが慣れるように、その部屋で少し一緒にいてから厨房に戻る。

『大量に仕入れることになってしまった……』と、マカイナさんが話していた通り、食材置き場に行くと、ポポトが入っている木箱がいくつも置かれていた。

これからまだ入荷するそうだ。

「どんどん使ってくれ！」というラッシャイさんの言葉を、ありがたく受け取る。

まず最初に、ポテトサラダじゃなくて、ポポトサラダとコロッケ用に、食堂で一番大きな鍋を使い、ポポトを大量に茹でることにした。

皮は、茹でた後の方が簡単に剥けるので、皮付きのままだ。

ポポトを茹でている鍋の横に、蒸し器もどきをセットする（作業するのは、私じゃなくラッシャイさんだけれど……）。

水を張った鍋にお椀型の食器を伏せて入れ、その上に皿をのせただけの物だが、これでいいはず。

一度に大量に作ることはできないけれど、今日は【じゃがバター】の味見ができればいいのだから、大丈夫だろう。

【じゃがバター】は、皮付きのまま食べる予定なので、それについてもラッシャイさんに確認した。じゃがいもと同じでポポトの芽にも毒性があるようなのだが、今あるポポトは気にしなくて大丈夫だと、お墨付きをもらっている。

そういえば『浄化』の魔法もあるのだから、もっと気楽に考えてよかったのかもしれない。

コロッケ用のポポトにまぜる具を作る。

今回はシンプルに、みじん切りにしたオニル（玉ねぎ）とひき肉状にしたブタン肉を使用した。炒めた後に塩とコショウで味を付け、ラッシャイさんの好みで調味料を追加してもらう。

今後も、まぜる具材や味付けを工夫して、より美味しいコロッケを作ってもらえたら嬉しい。

ポポトが茹で上がるまで、これはそのまま冷ましておく。

フライドポポトは、皮を剥いた物と皮付きの物を用意した。

カットするサイズも変え、食感の違いを味わってもらおうと思う。

ラッシャイさんにより薄切りにされたポポトは、スライサーを使った物と変わらないでき栄えで、感心させられた。これなら、パリパリなポポトチップスが作れそうだ。

それらを水でさらしている間に、マヨネーズも作ってしまおう。

時間がないので、同時進行でどんどん進める。

バルトさんの活躍で、無事マヨネーズも完成。とても美味しくできた。

味見したバルトさんたちも、初めての味に目を見開いていたが、その後は頬を緩めていたので気に入ってくれたのだと思う。

マヨネーズは他にもいろいろな料理に使えることを簡単に説明しておいた。

これからラッシャイさんの技量で新しい料理が生まれることだろう。楽しみだ。

ポポトが茹で上がってからは、作業が加速し大忙しだった。

ポポトが熱いうちに皮を剥き、潰し、まぜたりと、三人の大人をこき使う。

水に浸していたポポトの水分を拭き取り、油で揚げた。

フライドポポトは、揚げる前に粉をまぶすことも忘れずに指示する。

コロッケは小判形に成形し、小麦粉を薄くまぶし溶き卵、パン粉の順につけてから揚げた。

なんとか、それぞれの料理を完成させることができた。
三人の大人たちは疲れを見せず、笑顔でテーブルに並べられた料理を眺めている。
これから、皆で試食をするのが楽しみなようだ。

フライドポポトとポポトチップスは、塩、コショウ、粉チーズ、ガーリックパウダーや香草などで味を付け、それぞれの皿に分けて盛りつけてある。

ポポトサラダは、ゆで卵や色のきれいな野菜がまぜられ、鮮（あざ）やかに仕上がっていた。

十字に切れ込みを入れた熱熱（あつあつ）のポポトには、塩コショウが振られバターが載せられている。

皆で席に着き、試食会が始まった。

バルトさんとラッシャイさんは、真っ先にコロッケを頬張（ほおば）っている。

パン粉を付けて揚げる料理がなかったそうなので、二人とも興味があったみたいだ。

肉好きのバルトさんにも、コロッケは気に入ってもらえたようで「美味（うま）い！」と一言呟（つぶや）くと、またコロッケに手を伸ばしている。

ラッシャイさんは、コロッケ、ポポトサラダ、じゃがバターと、全ての料理を順番に試食していた。一品一品、丁寧に味を確認している。

「全て、ポポトから作られた料理なのだけれど、調理法によって味も食感も違うのだな」と、改めて感心している様子が、漏（も）れ聞こえる呟（つぶや）きからわかった。

コロッケと同じようにパン粉をまぶして揚げる料理【カツ】も、ついでに教えておく。

ソースなどを掛けて食べても美味（おい）しいと伝えると、何やら考えているようだった。

ふと、【カツ丼】が食べたくなる。

マカイナさんは、ポポトチップスと、フライドポポト、ポポトサラダに夢中みたいだ。

順番に口に入れ、幸せそうな顔をしている。

油分の多い炭水化物ばかりを食べると、太りそうだな……と思ったけれど、当然口にはしなかった。細かいことを気にせず、幸せなときを楽しんでもらいたい。

皆がとても美味(おい)しそうに食べるので、私も食べたいとは思うのだけれど、料理の途中で味見と称して摘(つ)まませてもらったので、お腹が一杯になってしまっていた。

残念だけど、あまり食べられそうにない。

青のりのような香草がまぶしてあるポポトチップスを一枚摘み、パリパリと食べる。

「うん、美味(おい)しい！」

さすがラッシャイさんだ。すぐにでも食堂のメニューに入れるべきだと思う。

十七、大好評で大忙し！

「おかみさ～ん。準備中の看板、出したままだったよ～」

「おっ、美味(うま)そうな匂(にお)い！　あれ？　何？　まだ準備中だった？」

夜の営業時間になっていたようで、常連客だろう二人組の男性が食堂に入ってきてしまった。慌てて体裁を取り繕おうとしたけれど、店内のテーブルに料理を並べて試食しており、その様子をバッチリ見られてしまっている。

それに、ついさっきまでポポト料理の試作品を作っていたのだ、客を受け入れる準備はできていないはず。どうするのかと心配する私をよそに、マカイナさんは落ち着いていた。

「申し訳ないね。すぐに片付けるから、空いている席に座ってちょっと待っていておくれ」

客に笑顔で声を掛け、汚れた皿を片付けはじめる。

私も慌てて椅子から降り、片付けを手伝うために皿に手を伸ばす。

「えっ片付けちゃうの？　凄く美味そうなんだけど」

「ホント、なにこれ!?　初めて見る料理だよな。試食でもしてたのか？」

二人組の男性は、テーブルの上の料理に興味津々の様子で近付いてくる。

「ああ、ポポト料理の試作品だ」

「ねえ、僕も試食していい？　ちょっとでいいから食べてみたい」

成人した男性だと思うのだけれど、子供のような態度でラッシャイさんに頼んでいる。

「――そうだな。じゃあ、試食してもらうか。その代わり、しっかり感想を聞かせてくれよ」

「やったー、いっただっきま～す」

その人は、嬉しそうにポポトチップスを手に取って口に入れた。

パリパリと一枚を食べ終わると、目を丸くし「なにこの食感!?」と感想を述べた後、次々と別の皿、味の違うポポトチップスに手を伸ばしていく。

ポポトチップスやフライドポポトは手づかみでも大丈夫だけれど、他の料理まで手づかみで食べ出しそうな勢いだ。

マカイナさんが、慌てて取り皿を用意してくる。

「おい、何一人で食べてんだよ。俺にも食わせろ！」

もう一人の男性も、取り皿を手に、次つぎとポポト料理を食べはじめた。

二人とも立ったまま、凄い勢いで料理を平らげていく。見事な食べっぷりに呆然としてしまう。

私たちが試食した後なので、残り少なくなっていた料理は、あっという間になくなってしまった。

「くそー！」

最後の一つになったフライドポポトを奪われた男性が、悔しそうに唸っている。

どうやら、私の知る調理法で作ったポポト料理は、好評だったようだ。

料理がなくなり、あんなにも残念がってくれるとは……

落ち込んでいる男性には悪いけれど、嬉しくてつい頬が緩んでしまう。

「おかみさ～ん、おかわり！」

空(から)になった皿を持ち上げ、ニコニコしながら料理を催促している彼は、最後のフライドポポトを獲得し満足そうに頬張(ほおば)っていたはずなのだが、まだ食べたりなかったようだ。

悔(くや)しそうに唸(うな)っていた男性はハッとしたように顔を上げ、こちらに視線を向ける。

そして急に笑顔になると、懐(ふところ)から小銀貨一枚（千ルド）を取り出し、カウンターに置いた。

「文句なく美味(うま)かった。これでさっきの料理を頼みたい」

まだ試作の段階なので料金設定などされていないと思うのだけれど「あっ、僕も～」と、その隣に小銀貨一枚が追加されてしまえば、断りづらいだろう。

案の定、ラッシャイさんは困り顔だ。

「試作品だったのだが……そんなに気に入ってもらえたなら、売り物として出すべきか？　――ユーチ君、先ほどの料理をここで提供してもいいだろうか？　謝礼の話など、まだ決めていないのに厚かましいと思うが……」

ラッシャイさんに真剣な顔で問われてしまい、焦(あせ)ってしまう。

懐(なつ)かしい料理を再現してもらえて、感謝しているのは私の方なのだ。

当然、謝礼など受け取るつもりはなかった。

私は慌(あわ)てて「全く問題ないです。謝礼もいりません」と、伝える。

そして、私が教えた料理をもとに、これから新しい料理をどんどん開発して欲しいと思っていると続けると、ラッシャイさんとマカイナさんにいたく感謝されてしまった。

「ありがたい。恩に着ます」

深々と頭を下げられ、こちらの方が申し訳なくなる。

二人の客は、突然始まった私たちのやり取りに驚いたようだったけれど、料理を提供してもらえるとわかると、嬉しそうに笑顔を見せた。

そして、無理やり試作品を注文してしまったことを謝罪していた。

結局、今回のポポト料理は、バイキング方式で提供することに決められた。

一人、小銀貨一枚（千ルド）で食べ放題！　飲み物（ビール等）は別料金。

食堂の方針が決まり、改めて営業中の看板が張り出された頃には、既に日が暮れていた。

マカイナさんから、（バルトさんが）食堂の手伝いを頼まれたこともあり、今日行く予定だった教会の施設には明日行くことになったのだけれど、約束をしていたわけではないので問題ない。

しばらくすると、食堂の中は客でいっぱいになっていた。

新しい料理は大好評で、嬉しい感想が飛び交っている。

楽しそうな食事風景に頰が緩みっぱなしだ。

しかし客が増えた分、厨房は忙しくなる。

大忙しの厨房では、私から一度料理を習っただけのはずのラッシャイさんが、全ての工程を把握しているかのように手の空いた人に素早く指示を出し、次々と料理を完成させていく。

それで、なんとか料理が空(から)になる前に次の料理を出せている状態だった。

張り切って、【フードプロセッサー】や【泡だて器】の代わりを務めているバルトさんを眺(なが)めながら、私も何か手伝えることがないかと思案する。

【スライサー】や【皮むき器(ピーラー)】があれば、子供の私でも多少は戦力になるのだが……

ラッシャイさんにマカイナさん、バルトさんが懸命に作業をしている姿を見ながら、邪魔にならない場所で立ち尽くすことしかできない自分をもどかしく思う。

ふと、左手首を重く感じ、腕時計に視線を向けた。

時刻は、【19時12分】。

黒色の文字盤に新しく現れたラインは、今朝の三倍にまで伸びている。時間の経過で増えるのだろうか。

後、四分の一ほどで円が完成しそうだが、これにどんな意味があるのだろう?

そのとき、腕時計がブルブルと振動を始めた。

……!?

驚いて腕時計に目を向けると、何かが突然そこに現れたように感じ、慌(あわ)てて手を伸ばす。

受け止めたそれを見て息を呑(の)んだ。

え⁉

呆然(ぼうぜん)としながら手にした物を確認すれば、それは家で見慣れた形の【皮むき器(ピーラー)】だった。先ほど、確かに、欲しいと願った物の一つだったけれど？

――これは、どういうことだろう？

私は【皮むき器(ピーラー)】を持ったまま、固まってしまう。

十八、腕時計

突然現れた【皮むき器(ピーラー)】。

なぜ今ここに、これがあるのか？

食堂の手伝いのために『あったらいいのに』と思ったのは確かだけれど、【皮むき器(ピーラー)】は、この世界には存在していなかったはずだ。

ラッシャイさんに調理器具の説明をしてもらったときに確認している。

存在していなかった物が、目の前にある事実に戸惑う。

――そういえば、森の中でナイフやライターがあればいいのにと思っていたら左腕が振動し、突然ナイフが現れたことがあった。

もしかして……

私は、改めて腕時計を確認する。

思った通り銀色に光っていたライン（ゲージ）が減少していることがわかった。今は、四分の一程残っているだけになっている。

やはり、私の腕時計が要因なのかもしれない。

溜まっていた銀色のラインによって、【皮むき器】が出現した？

そういうことなのだろうと、なんとなく思う。

【スライサー】と【皮むき器】の両方を欲しいと願ったけれど、森の中でナイフが現れたときと同じように片方しか叶わなかったのは、何か条件というか理由があるのだろう。けれど、腕時計によりそれらが出現したことは間違いないようだ。

気持ちを落ち着けてから、【皮むき器】をよく見る。

それが、私の家で使っていた物と少し違っていることに気付く。

形は同じだけれど、プラスチックの素材部分が金属に変わっていた。

ナイフのときには気が付かなかったけれど、この【皮むき器】は私の家にあった物ではないのだろう。

私がいた世界からこちらに移された〝召喚された物〟もしくは新たに〝創造された物〟ということになるのか？

どちらにしても腕時計の銀色のラインが溜まれば、また何かを手に入れることができるのかもしれない。

条件がありそうなので、なんでもとはいかないのかもしれないけれど、この世界にない物でも手にすることができるという事実は大きい。

「ユーチ、どうした？　具合が悪いのか？」

「っ！」

ポポトの入った木箱を食材置き場から運んできたバルトさんが、私に気付き声を掛けてきた。

いつの間にしゃがみ込んでいたのか、そのせいで心配させてしまったようだ。

バルトさんは作業台の上に木箱を置くと、私に駆け寄り顔を覗き込んでくる。

私は慌てて立ち上がり「大丈夫です！」と笑顔を返し、なんでもないと伝えた。

「ん？　何を持ってるんだ？」

「あっ……」

バルトさんの視線は、私の手にある【皮むき器】へと向いてしまっている。

私は、慌てて隠そうとしたのだけれど【皮むき器】はしっかりとバルトさんに認識されてしまっていた。これでは、誤魔化すのは無理だろう。

私は隠すことを諦め、大きく息を吐くと覚悟を決める。

なぜ、そんな物を持っているのか？

当然、疑問に感じるだろうけれど、そういった思いを無視して【皮むき器】のことを、野菜などの皮を剥く道具だと説明した。これがあれば、私も手伝うことができると。

バルトさんは訝しげな顔をしたけれど、初めて見る【皮むき器】に関心を抱いたようだ。

私から受け取ったそれを観察しながらどうやって使うのかと、興味津々に聞いてくる。

私は追及されなかったことに安堵し、実際にポポトの皮を剥くことでバルトさんの疑問に応えることにした。

私がやろうとすることに異を唱えようとしたバルトさんだったけれど、スルスルと簡単にポポトの皮を剥いていく私を見て、目を見開いている。

「おおっ！」

すっかり皮を剥き終わったポポトを認め、感嘆の声を上げるバルトさんを見て、にやけてしまう。

その後、目をキラキラさせたバルトさんに【皮むき器】を奪われ、嬉々としてポポトの皮を剥く姿をしばらく眺めることになってしまったのだけれど……

ラッシャイさんがバルトさんを呼び、次の仕事を指示してくれたので、【皮むき器】は、どうにか私の元へ戻ってきた。

やっと、私も手伝える。

私は目立たない場所でポポトの皮を剥き、それをラッシャイさんに持っていった。

ラッシャイさんは驚いたようだったけれど、きちんと皮が剥かれていることを確認すると、皮剥き作業を私に任せてくれるようになった。

店内は相変わらず賑わっていたものの、少し余裕ができたのか、マカイナさんが様子を見にやってきた。

そこで私が使っている【皮むき器】の素晴らしさを目の当たりにし、「これは売れる！　量産して売り出すべきだ！」と詰め寄られてしまう。

そのときは曖昧に返事をして誤魔化したけれど、マカイナさんの様子だと実際に売り出すまでしつこく言われそうだ。後から、バルトさんに相談することにしよう。

ラッシャイさんは、ブタン肉で【カツ】にも挑戦していた。

試食させてもらったけれど、初めてとは思えないほどの完成度で驚く。

肉はしっかり味付けされていたので、何もつけなくても美味しかった。

こうなるとエビや牡蠣、イカなどの海産物のフライも食べたくなる。

それらの食材を見かけたら、ラッシャイさんにお願いして作ってもらおう。

天ぷらもいいかも！

それほどお腹が空いているわけではないのに、次々と食べたい料理が浮かんできて呆（あき）れた。

いつからこんなに食いしん坊になったのだろう。

この世界に来て、まだ二日だというのに、日本を懐（なつ）かしく感じているせいなのだろうか。

十九、帰宅

最後の客を見送った私たちは、その場に力なく座り込む。

いい子で留守番をしていたホワンは、私の肩に乗り可愛（かわい）らしい姿で癒（いや）してくれている。

まだ片付けが残っているのだけれど、ホワンを撫（な）でながらひとまず休憩だ。

仕事に慣れていなかった私とバルトさんはもちろんなのだが、ラッシャイさんとマカイナさんの顔にも疲労の色が見て取れる。

やり切った満足感はあっても、体力は限界なのかもしれない。眠気で頭がボーッとしていた。

ここで寝てしまえば昨日の二の舞で、バルトさんに抱えられて家に帰る羽目（はめ）になってしまう。

私は重くなる瞼（まぶた）に抗（あらが）うため、気合を入れて目を見開いた。

「お疲れさま～。お陰で助かったよ。疲れただろ？」

マカイナさんが、私に労いの言葉を掛けてくれた。

私も、少しは役に立てたようで嬉しくなる。

改まった顔のラッシャイさんが、私とバルトさんのそばに来て深々と頭を下げた。

私は突然のことに驚き、ビクッと背筋を伸ばす。

「バルトさん、ユーチ君、今日は本当に世話になった。ありがとう。新しい料理を教えてくれた上に、こちらの準備不足で厨房の手伝いまでさせてしまい、申し訳なかった。だが、そのお陰で『まんぷく亭』初と言えるほどの賑わいを見ることができた。感謝している。新しい料理を嬉しそうに食べる客の姿に、料理人としての意欲を掻きたてられた。『新しい料理をどんどん開発してほしい』というユーチ君の言葉に甘え、これから教えてもらった料理をもとに、自ら考案した料理を提供できるように努める所存だ。二人には是非、新しい料理の感想を聞かせてもらいたい。気軽に食堂に立ち寄ってくれると嬉しい」

無口に見えたラッシャイさんだが、にこやかな表情で今日のお礼とこれからの意気込みを語ってくれた。日本の料理がいい刺激になったようで嬉しくなる。

【新メニュー】がとても楽しみなので、またバルトさんと一緒に来店したいと返事をする。

その後、ラッシャイさんは「これでは、少ないと思うが……」と、今日の売り上げの入った革袋を、謝礼だと言ってバルトさんに渡してきた。

私は、思わずバルトさんを見上げる。今日の売り上げだなんて……

バルトさんも、受け取ってしまった革袋の重さに戸惑っているようだ。

「こりゃあ、貰いすぎだ。気持ちはありがたいが、ユーチも不本意のようだし、受け取れねえよ」

革袋を返そうと差し出すバルトさんの隣で、私もその通りだと何度も頷いて『受け取れない』と気持ちを伝えたのだが、ラッシャイさんの意志を変えられず、結局そのお金を受け取ることになってしまった。

報酬をしっかり貰ってしまったこともあり、眠気が吹っ飛んだ私は、頑張って片づけを手伝った。

近いうちに、また『まんぷく亭』に来ることを約束し、ラッシャイさんたちに見送られながら家に向かう。

帰り道、バルトさんに抱えられて移動することになったのは、時間短縮のため致し方なかったと思う。けれどその途中で疲労に負け、バルトさんの腕の中で寝てしまってはダメだろう。

朝起きて、そのことに気付き落ち込んだ。

昨日の朝と同じように、自分の状況を確認する。

目覚めた場所は、私が貸してもらう予定の部屋だった。

その部屋は綺麗に掃除がされ、昨日購入した家具が設置されている。

昨夜の私は、その新しい寝台で寝かされていたようだ。

寝台の横に置かれたサイドテーブルには、ホワンが専用の寝床で丸くなって眠っている。

私がホワンの世話をしなければいけないのに、私自身がバルトさんの世話になっているのだから、呆(あき)れるしかない。伴侶(はんりょ)動物になってくれたホワンにも申し訳なく思う。

バルトさんの寝台を占領していなくてホッとしたけれど、寝間着姿だったことに気付き頭を抱えた。いったい私は、どれだけ爆睡(ばくすい)していたのだろう？

着替えさせられても起きないなんて……

唸(うな)りながら寝台に蹲(うずくま)り毛布をかぶる。

——昨日は、バルトさんだって疲れていただろうに。

私を抱えて帰宅し、部屋の掃除(そうじ)に着替えまで手伝わせただなんて……

しばし、自己嫌悪に陥(おちい)る。

バルトさんへの借りが増えていくのだけれど、いつか返せるだろうか？

家の中はひっそりしていて物音はしない。

バルトさんは、まだ寝ているようだ。

私も、寝床から起き出すのはもう少し後にする。

気持ちを切り替え、謎のアイテムと化した腕時計に視線を向ける。

時刻は、【05時21分】。

今日は六時の鐘が鳴る前に起きることができたようだ。

昨日【皮むき器】を出現させ、銀色のラインが減少してしまっていたはずなのだが、一晩経った今、それは満杯になっていた。

これでチャージ完了！　ということなのだろうか？

今ならまた、何かを出現させられる？

私は、首を傾げた。

昨日は、【スライサー】を出現させることができなかったのだけれど、その理由が銀色のラインが不足していたからだとしたら、今ならできるかもしれない。

私は、深く考えず【スライサー】を思い浮かべ、『欲しい』と念じてみた。

すると、昨日と同じように腕時計がブルブルと振動しはじめ、目の前に【スライサー】が――

「できた!?」

……できてしまった。

私の手は、確かに【スライサー】を持っていた。

あまりにも簡単にできてしまい、当惑してしまう。

寝台の上に、鞄に入れていた【皮むき器】と【折りたたみ式ナイフ】も出して並べて置く。

腕時計から入手したと思われる三品を眺めながら、自分の行動に呆れた。

最初はともかく、今はもっと考えて試すべきだったかもしれない。

出現させる回数に制限のある物だったら、簡単に試したことを後悔していそうだ。

けれど、銀色に光るライン（ゲージ）はまだ半分も残っているし、そのラインは時間の経過とともに増えることもわかっている。

今ここで【スライサー】をもう一つ出現させることもできそうだ。

もったいないから、それを試したりはしないけれど。

一日一個という条件もないようだし、時間が経てばまた試せるので、それほど深刻にはなれない。

「まあ、いいか」と緩く考えてしまう。

けれど、どうしても必要な物ができたときにこの腕時計の機能が使えないと困る。無駄遣いは慎まなければ。

一人で納得し、改めて今日手にした【スライサー】を観察する。

形は【皮むき器】と同じで、家で使っていた物と同じように見える。

私が思い描くことができた物が、それだったからだろうか？

そして、プラスチック部分は【皮むき器】と同じで金属でできていた。

もしかしたら、プラスチックはこの世界に存在していないのかもしれない。

なんとなくだけれど、どこからか召喚された物ではなく、創造された物ではないかと思えてきた。

二十、朝食

朝六時の鐘(かね)が鳴った。

寝間着を脱ぎ身支度を整えた私は、寝ているホワンをそのままに、バルトさんの様子を見に行く。

物音がしないので、バルトさんもまだ寝ているのだろう。

思っていた通り、寝台の上で大の字になって寝ているバルトさんを見つける。

熟睡しているようで、私が部屋に入っても目を覚まさなかった。

疲れているだろうから、もう少し寝かせてあげたい。

私は音を立てないように床に脱ぎ散らかしてある衣服をたたみ、とりあえずソファーの上に置いた。

昨日も迷惑を掛けてしまっているから、何か役に立てないかと部屋を見渡す。

台所に、ラッシャイさんが帰り際に持たせてくれたパンが置かれているのが目にとまった。

確かパンの他にも色々見繕(みつくろ)ってくれたはずだ。

私は台所の保冷庫を開け、朝食になりそうな食材を探す。

ゆで卵に、瓶に詰められたマヨネーズ、レタスとキュウリに似た野菜を発見した。それらの野菜は、生で食べられるものだ。

昨日の買い物で買った調味料も台所の隅で見つけたので、簡単な朝食なら作れるだろう。

私は、火や包丁を使わなくてもできる【たまごサンド】と、【サラダ】を作ることにした。

生食用オイル・酢・塩コショウをまぜるだけの、簡単なドレッシングを作る。

分量をはっきり覚えていなかったけれど、何度も味を見ながら、それらしくなるように仕上げた。

野菜を洗い、水を切ったレタス（？）を千切り、スライサーでカットしたキュウリ（？）をまぜる。早速スライサーが役に立ち、にんまりする。

ラッシャイさんに負けないほど薄くスライスされた野菜を見て、バルトさんはどんな反応をするだろう。驚くバルトさんの顔を思い浮かべ、クスクスと忍び笑いを漏らす。

もっと驚かせたくなり、ウキウキと【たまごサンド】作りに取りかかった。

ゆで卵の殻を剥きながら、次の工程を考える。

ゆで卵はスプーンでも潰すことができるものの、それだと卵の大きさにばらつきが出て食感が悪くなる。

人それぞれ好みがあるから、それでもいいかもしれないけれど、私はやっぱり【たまごスライサー】で縦横に一回ずつ切って、卵をなるべく潰さないようにまぜて作る妻の【たまごサンド】が一番美味しいと思ってしまう。

――さっき、『これから何があるかわからないから、腕時計の力を無駄遣いしない！　慎重に試そう』と決めたばかりだったのだけれど……

やってしまった。

【たまごスライサー】を手に入れた私は、ハハハと乾いた笑いを漏らす。

こらえ性のない子供のように、衝動的に行動してしまった自分に呆れる。

半分残っていた銀色に光るライン（ゲージ）を全て使い切ってしまったことを確認し、大きく息を吐く。

やってしまったことは仕方がない。

開き直って調理開始！

【たまごスライサー】を使ってカットした卵を、塩・コショウ・砂糖・マヨネーズで調味する。

マヨネーズを少し控えめにすると、卵の風味を損なわない好みの味になるはずだ。

さっくりとまぜ、味を見る。

うん、美味しい！

懐かしい味に、頬が緩む。

バルトさんも気に入ってくれるといいのだけれど。

ラッシャイさんから貰(もら)ったパンはフランスパンのような形なので、食べやすい大きさにカットし、卵を挟めるように切り込みを入れる必要があった。

刃物を使うので今の私にはできない。バルトさんが起きたら頼むことにする。

サラダにドレッシングをかけ、使用済みの道具を洗った。

剥(む)き取った苦味のあるキュウリの端部分と、卵の殻を捨てる場所を探す。

『まんぷく亭』の厨房(ちゅうぼう)には、ムニュムに通じる穴があり、そこへ生ごみを捨てるようになっていたので、ここにもあるはずなのだが……

キョロキョロと辺りを見渡し、それらしい箇所を見つけた。

けれど、蓋を開けて中を覗(のぞ)き込む勇気が持てない。蓋を開けたらムニュムとご対面——などということはないと思うが、念のためバルトさんに確認してからにしよう。

もう少しで七時になる。そろそろ起きるだろうか？

私は自分の部屋に戻り、ホワンの様子を見に行くことにした。

ホワンはチョコチョコと部屋の中を探索中だったようで、私がドアを開けると駆け寄ってきて肩まで登ってくる。

「おはよう」

ホワンに朝の挨拶をし優しく身体を撫でると、無言で擦り寄ってくる。

そういえば、ホワンの鳴き声を聞いたことがなかった。ニーリスは鳴かないのだろうか？　鳴き声もきっと可愛いだろうから、聞いてみたいのだけれど。そう思いツンツンと突いてみても、じゃれるだけで声を聞くことはできなかった。

ホワンを肩に乗せたまま、バルトさんの部屋に戻る。

バルトさんはゴキッゴキッと骨を鳴らす、お馴染みの柔軟体操だか準備運動を始めていた。

「おはようございます」と、声を掛ける。

「おー、おはようユーチ。よく眠れたか？」

「はい、お陰様でぐっすり眠ることができました」

笑顔でバルトさんに答えたけれど、昨日のことを思うと恥ずかしくなる。

帰宅途中で寝てしまったことだけでも申し訳なく思うのに、疲れていたであろうバルトさんに、部屋の掃除に買ってきた家具の設置、おまけにホワンの世話に私の着替えまでさせてしまったのだから……どうしてそれで起きないのだと、爆睡していた自分を怒鳴りたくなるけれど後の祭りで、どうにも取り返しが付かない。

とにかく、迷惑を掛けてしまったことを謝罪し、深々と頭を下げた。

「気にしなくていいぞ」と、バルトさんは笑いながら私の頭をガシガシ撫でで「家具は適当に置いただけだから、使いづらかったら言ってくれ」とさらに気遣われてしまい、申し訳なさが募るばかりだ。

ホワンは、私が頭を撫でられたときの振動が嫌だったのか、バルトさんの笑い声に驚いたのか、私の肩から逃げるように、バルトさんの寝台に飛び降りていた。今はバルトさんの毛布相手に格闘している。じゃれているのかもしれない。

バルトさんの寝ていた寝台で遊べるのだから、バルトさんを警戒しているとは思えないし嫌っているわけでもないと思う。なのに、まだ撫でさせたくはないようで、バルトさんが触ろうとすると器用に逃げ回っている。

ソファーの上にたたまれた衣服を見つけたバルトさんは、「おっ、わざわざたたんでくれたのか？ありがとな」と私を振り返りお礼を言うと、私の目の前でその服に着替えはじめた。

脱いだ寝間着がポンポンと寝台の上に放られ、そこにいたホワンの上にかぶさる。モゾモゾと服の下から抜け出したホワンは、一目散にまた私の肩に戻ってきた。

目を丸くする私の前には、すっかり着替え終えたバルトさんが映る。

ニヤリと笑うバルトさんに、肩の力が抜けた。

なんだか、だんだんバルトさんに毒されていく気がする。

そのうち私も同じようなことをしていそうだ。

そうでなくても『洗浄』や『浄化』の魔法があるお陰で、洗濯の必要がない環境は馴染みやすく、何日も同じ服を着ることを好ましいとさえ感じ、危機感を覚えていたというのに……

『もう少し、おしゃれをしたら？』と、服装を気にかけない私に言う妻の呆れ顔が浮かんだ。

「これ、ユーチが用意してくれたのか？」

バルトさんがテーブルの上の料理を見て、驚いたように声を上げた。

キラキラした眼差しを向けられ、照れくさくなる。

バルトさんの、そういう反応を期待してはいたのだけれど……

私は、赤くなった顔を誤魔化すように、素っ気ない態度で頷き、【たまごサンド】作りを再開させることにした。

バルトさんが張り切ってカットしてくれたパンに、【たまごサンド】の具を詰めていく。

その様子を覗き込むように見ていたバルトさんが、自分もできそうだと手伝ってくれた。

「ちょっと味見」と、頻繁に摘み食いをする姿が子供みたいで微笑ましくなる。

作業中も、ホワンは私の肩や頭に乗っていた。頭の上で動き回るとシッポが視界を塞いだり、耳をくすぐられたりして困ることもあったけれど、可愛いからダメとは言えない。髪を引っ張るのは、将来の毛髪具合が心配になるのでやめて欲しいけれど。

ホワンは外では警戒しているからか、あまり鞄から出てこない。なので、こうして動く姿を見られるのは嬉しいし、寛げていることがわかりホッとする。

待ちきれない様子のバルトさんに急かされ、席に着いた。

ホワンの木の実の入った食器も一緒にテーブルに置かれている。しつけや衛生面を考えると良くない行為なのかもしれないけれど、小さなホワンは邪魔にならないし、バルトさんの魔法で綺麗にしてもらっているので、衛生面でも問題ないだろう。

ホワンが木の実を食べる姿を眺めながら食事をすることに、バルトさんも喜んで賛成してくれた。ホワンが料理に悪戯をするようにならないかぎり、このままでいいような気がしている。

バルトさんは、結構な量を摘まみ食いしていたはずなのに、まだまだ食べられるようだ。美味しそうにたくさん食べてくれるバルトさんを見て嬉しくなる。

ホワンは早々にお腹がいっぱいになったようで、皿の上の木の実を転がして遊びはじめた。

薄くカットされたキュウリに似た野菜に気付いたバルトさんは「どうやって、こんなに薄く切ったんだ？」と驚きながら質問してくる。私がスライサーのことを話すと「俺も、やってみたい」と食事の途中だったのだが席を立ってしまう。

楽しそうにスライサーを使って野菜をカットするバルトさんに苦笑が漏れた。

そんな感じで慌ただしい食事になってしまったけれど、バルトさんの満足そうな顔を見られたから良かったと思うことにする。

静かになったホワンは、木の実の入った皿の上で丸くなって眠っていた。その姿は皿の上だけあってお餅みたいでおかしい。

まだ子供だからか、ホワンの寝ている姿をよく目にする。

安心したようにグッスリ眠るホワンに安堵し、その可愛らしさに癒された。

二十一、腕時計の秘密

朝食を食べ終え、バルトさんに『浄化』してもらった食器を棚に片付けた。

ホワンが寝ていた皿はそのままにしておいたのだけれど、いつの間にか部屋の中をウロウロしている。小さいから踏んだり蹴ったりしてしまいそうだ。猫のように鈴でも付けたら可愛いし安心なのだけれど……野生動物だったホワンに、音の出る物を身に着けさせることはストレスになるかもしれないと思いとどまる。

生ごみも無事ムニュムの穴に投下し終え、ホッと一息つく。

「ユーチ、これはどうやって手に入れたんだ？」

「ん？」

――油断していた。

バルトさんは、手に持った【皮むき器(ピーラー)】【スライサー】【たまごスライサー】を私に見せ笑顔になる。

「あっ」

さっき【スライサー】の使い方を説明したときも、昨日の『まんぷく亭』のときと同じように追及されなかったから、このまま説明しなくても済むかもしれないと思ってしまっていた。

言葉に詰まる。

ラッシャイさんたちならともかく、バルトさんは私がおかしな恰好(かっこう)で何も持たず森の中を彷徨(さまよ)っていたことを知っているのだ。

突然持ち出してきた調理器具(もの)を、不審に思わないはずがなかった。

無言で、バルトさんと見つめ合う。

出会って数日だけれど、バルトさんが信用できる人物であることは疑いようがない。

ならば、悩む必要などないではないか。

自分でもわからないことが多いから、うまく説明する自信はないけれど。

バルトさんに知ってもらいたい。

でも、話すことはバルトさんに余計な負担を掛けることにならないだろうか？

この腕時計によってなされたことが、魔法のあるこの世界でも普通ではないと感じられるから、なおさら不安になってしまう。

黙り込む私の頭を、バルトさんがガシガシと撫でてきた。

「何を思い悩んでいるのか知らないが、難しい顔をしてないで、いい加減吐いちまえよ」

私が顔を上げると、バルトさんはニヤリと笑い顎をしゃくって、「早く話せ！」と促してくる。

不敵な笑みを浮かべるバルトさんが、頼もしく映る。

得体の知れない私を、受け入れる寛大さを持ち合わせている人物に、抗うすべなど最初からなかったのかもしれない。

フッと、身体から力が抜けた。

「ほら、もったいぶってないで、話してみろよ」

からかうように催促してくるバルトさんに詰め寄られ、身動きができなくなる。

確か、このような状態を〝壁ドン〟というのだったか……

棚とバルトさんに挟まれた、この場合は〝棚ドン〟だろうか？

どうでもいいことに思考を逸らしながら、これ以上バルトさんに黙っていることなど無理だと悟った。思い悩むのも馬鹿らしくなり、気の抜けた笑みを漏らす。

——もう、どうなっても知らない。

『一連托生』『運命共同体』的な関係になってもらおう。

私は、バルトさんを巻き込む覚悟を決め、腕時計のことを話すことにした。

「バルトさんも、覚悟を決めてくださいね」

「おっ！　何か面白そうじゃねえか。わかったから早く教えろ」

身を乗り出し、楽しそうな表情を隠しもしないバルトさんを横目に、私は左腕を突き出した。

「これ」

「ん？　左腕？　【祝福の腕輪】がどうかしたのか？」

私は真面目な顔で頷き、これは木で作られた腕輪――祝福の腕輪ではなく、腕時計という時刻を知ることができる道具であると説明した。

バルトさんは首を傾げる。

自分が見えている物が、本当の姿ではないと聞かされ、不審に思ったようだ。

まじまじと腕時計を眺めると、私の腕を持ち上げたり下げたりしながら観察を始める。

そうして手で触り、確かめた感触が見た目と違っていることに気付き、驚いた顔をした。

どうやら、視覚を狂わせていただけで、触れば気付かれてしまうものだったようだ。

今のうちに知ることができて、良かったかもしれない。

知っていれば、接触されないように気を付けることができる。

下手に興味を持たれ、腕から外すことができなくなっている腕時計を、無理やり手に入れようとする者が現れることが怖い。

バルトさんに、ただの【祝福の腕輪】ではないとわかってもらえたようでホッと息を吐く。

そのまま腕時計の外観を説明し、表示されている部分についても今わかっていることを伝えた。

銀色に光るラインが溜まっている状態のときに、欲しいと思いながらイメージすると、イメージした物を手に入れることができたと事実を話す。

「なんだかそれ、魔道具っぽいよな。銀色に光って表示されているのが魔力だとすると、魔力でユーチの欲しい物が創られたか、召喚されたってことになるわけか。スゲーな！」

バルトさんの目がキラキラと輝き出した。

「で、どのくらいで、その銀色の光は溜まるんだ？」

「多分、明日中には完全に溜まると思います」

そう伝えると「今度は、俺の目の前でやってくれ」と、さらに目をキラキラさせて頼み込んでくる。

「わかりました」と笑いながら了承すると、子供のような笑顔が返ってきた。

さて、そのときは何をイメージしたらいいだろうか？

バルトさんに喜んでもらえる物にしたいのだけれど……

どうせなら、調理器具以外の物を試してみたい。例えば、食べ物とかはどうだろう。

成功するかわからないけれど、食べればなくなってしまうからもったいないかな？

私が考えるより本人に聞いた方が早いだろうと思い、「バルトさんは、何か欲しい物はないですか？」と声を掛ける。

すると、バルトさんは驚いたように目を見開き「えっ俺が決めていいの？」と、嬉しそうだ。

「はい、今のところ、欲しい物が思いつかないので、決めてくれると助かります。でも、私がイメージできない物はダメだと思うので、なんでもというわけではないですが……」

それに、何か条件が合わなくて失敗するかもしれないので、期待しすぎないようにお願いした。

「んー、何がいいかな？　やっぱり見たことのない珍しい物がいいよな～」

あれこれと悩み出したバルトさんに「まだ時間があるから、ゆっくり考えたらいいと思う」と告げて微笑み、肩に乗ってきたホワンを撫でながら、今日これからのことに気持ちを切り替えた。

二十二、調理器具

「なあ、ユーチ。この、三種類に増えた調理器具のことなんだが……」

今日こそは魔法を習いに行けるだろうか？　と、ホワンとじゃれながらこれからのことを考えていると、バルトさんから話し掛けられた。

「『特許を取って売り出せ！』って、マカイナさんに勧められたんだが、ユーチはどうしたい？　これらスゲー便利だから、商品化すれば確実に売れると思うぞ。ユーチに特許料も入ってくるし、悪くないと思うが、どうだ？」

バルトさんにそう問われ、そういえば昨日マカイナさんに『これは売れる！　量産して売り出すべきだ！』と、しつこく詰め寄られたことを思い出す。

マカイナさんは私だけじゃなく、バルトさんにも商品化するように提案していたようだ。

マカイナさんの調理器具への熱意をすごく感じる。

確かに、長年食堂で働いているはずのマカイナさんの包丁の扱いが覚束(おぼつか)なく思え、気になっていた。

マカイナさんにとって、それを補える便利な調理器具は、なんとしても手に入れたい物なのかもしれない。

これらがあれば厨房の仕事が簡単になるから、ラッシャイさんにも喜んでもらえそうだ。

一般家庭でも、料理に費やす時間が短縮できれば嬉しいだろうし、子供も料理の手伝いを進んでするようになるかもしれない。

私も、子供たちと一緒に料理をするのは楽しかったな……と、昔を懐かしく思い出す。

自分で発明した物ではないのに特許料を貰うのは気が引ける。けれど、たくさんの人に喜んでもらえそうな商品化には賛成だ。

協力してくれるというバルトさんの言葉に甘え、特許料のことも含め相談すると、すぐに商品化に向けて動くことになった。

『善は急げ』という言葉はあるけれど、バルトさんの迅速な行動に驚かされる。

慌ただしく動き出したバルトさんに従い、ホワンの入った鞄を肩にかけ向かった先は——なぜか一階の鍛冶屋カジドワさんのところだった。

「おーい、カジドワ。起きてるか？」

「はいはい、起きていますから。いつも寝ているみたいに呼ばないでくださいよ。仕事は好きじゃないですけど、店は開けていますから、一応……」

一応、なんだ。

相変わらずボサボサな髪を、さらに自分の手でぐちゃぐちゃにしながら、眠そうな目をしたカジドワさんが顔を出した。

まだ九時前なので、日本なら開店していない店もたくさんあるはずだ。私としては朝早くに来店してしまい申し訳なく思う。

「おはようございます」

カジドワさんをちょっと気の毒に思いながら、笑顔で朝の挨拶をする。

「あ、おはようございます。ユーチ君だったかな？」

「はい、ユーチです。カジドワさん」

日本人ぽい体格のカジドワさんは親しみやすく、自然と笑顔になる。

「今日は、仕事の相談だ。奥の部屋を借りるぞ」

バルトさんはカジドワさんの返事も聞かず、ずんずんと奥にあるのだろう部屋へ向かって歩き出した。私とカジドワさんは、慌てて後を追うように動き出す。

隣り合うように進むカジドワさんと目が合うと、思わず「すみません」と謝罪の言葉が口から出ていた。『親しき仲にも礼儀あり』って言葉がある。

遠慮のないバルトさんの態度をカジドワさんが不快に思ったかもしれないと、無意識に謝ってしまったのだが、カジドワさんは全く気にしていなかった。

「バルトさんは僕の一つ上で、子供の頃からの知り合いなんだ。もう一人バルトさんと同じ年のクレエンさんっていう人と、三人でよく遊んでいたから、バルトさんの人柄はわかっている。ユーチ君が気に病まなくても大丈夫だよ。当時はあの二人に付き合って悪戯（いたずら）もしたから、頻繁（ひんぱん）に僕の親父に怒られる羽目（はめ）になったのだけどね」

カジドワさんは、頭を掻（か）きながら微笑（ほほえ）んだ。

クレエンさんって確かバルトさんと同じ冒険者で、ギルドの居酒屋風の店で酔っぱらっていた人のことだよね。あの人、カジドワさんとも仲が良かったのか……

カジドワさんはバルトさんたちと違って繊細（せんさい）に見えたから、三人一緒のイメージが持てなかったけれど、二人の話をするカジドワさんの表情がとても穏（おだ）やかだったので、三人が気の置けない仲間同士なのだと知ることができた。

「おい、早く座れよ」

バルトさんはさっさとソファーに座り、部屋の入り口で立ち止まっていた私たちを呼ぶ。

「はいはい、お待たせしました。で、どんな仕事を持ってきてくれたのかな？　今日は愛用の剣は持ってないようだから、剣の修理ってことではないんだよね」

バルトさんが何をしにここに来たのかわからなかったけれど、とりあえずバルトさんの隣に座り二人の様子を窺（うかが）うことにした。

「ああ、剣のメンテナンスはもう少し後で頼むわ。今日はこれだ！」

バルトさんはテーブルの上に三種類の調理器具を並べ、ニヤリと笑う。

「えっ」

「ん？」

私と、カジドワさんの声が重なった。

カジドワさんは、それがなんなのかわからなかったのだと思う。

私も、なぜこれを武器職人であるカジドワさんに見せているのかわからなかった。

首を傾（かし）げる私たちの前で、バルトさんは楽しそうに収納袋からポポトを取り出し、テレビショッピングもびっくりな手際（てぎわ）で調理器具の説明を始めた。

【皮むき器（ピーラー）】でポポトの皮をスルスル剥（む）き、【スライサー】でそれをスライスし、見事に薄く切られたポポトを自慢げに見せる。

そして最後にゆで卵まで取り出して、【たまごスライサー】でそれをカットしてみせたのだ。

あまりにも完璧なパフォーマンスに、バルトさんが冒険者であることを忘れてしまいそうになる。

「……凄（すご）い」

今度は、カジドワさんと同じ言葉を同時に口にしていた。

カジドワさんは調理器具に感動していたようだけれど、私はバルトさんに驚いていた。

バルトさん、あっぱれ！　です。

カジドワさんはキラキラした視線を調理器具に向けながら、バルトさんにさらなる説明を求めた。

そして、実際に自分で使って確認すると、感動の涙を流しそうな勢いで「是非、僕に作らせてくれ！」と、声を上げた。

聞けば、カジドワさんは父親から武器職人になることを強要され、いやいや鍛冶の道を学んできたのだという。

初めから、命を奪う物を作ることに不安を覚えていたそうなのだが、いい加減な武器を作ることは武器を買ってくれた人の命をも危ぶませることになると、自分の心に蓋をし、無心で武器作りに取り組んできたのだという。

結果、師匠である父親から一人前の称号を与えられ、店を任せてもいいと言われるまでの腕を持つようになったのだそうだ。

けれど、父親が亡くなってからは武器の修理は引き受けても、新しい武器を作ることはなかったという。

父親が築いてきた店を守りたいという気持ちはカジドワさんにもあった。けれど、このまま武器を造らなければ、遅かれ早かれ店をたたまなければならなくなるだろうと考え、悩んでいたようだ。

そんな、カジドワさんの気持ちを知っていたバルトさんは、日頃からどうにかならないかと、思いを巡らせていたという。

それで、今回の『調理器具の商品化』の話がちょうどいいきっかけになるかもしれないと、カジドワさんに声を掛けたようだ。バルトさんの思惑通り、カジドワさんの興味を惹くことができている。

武器と調理器具では勝手が違うと思うけれど、挑戦したいというカジドワさんを応援したい。

私もカジドワさんと同じように、武器を作り出すことを怖いと感じる。

たとえ、腕時計から銃や爆弾などの武器を取り出すことが可能だったとしても、それをすることはないだろうから……

二十三、商品化に向けて

「で、カジドワ。これらの調理器具は武器とは違うと思うが、どのくらいでできそうだ？」

バルトさんが、調理器具を熱心に調べているカジドワさんに問いかける。

「――そうだね。素材は丈夫で軽く錆びにくい物がいいだろうから……あれがいいかな？　量産を目指すなら、新しい技法も試してみたいし……」

小さい声で何やら呟いた後。

「それほど複雑な作りじゃないから、形にするだけなら、そんなに時間はかからないかな。明日の朝までには特許申請に必要な試作品と書類を用意できると思うよ」と答えてくれた。

そして、バルトさんに顔を向け「この調理器具は、まだ借りていてもいいのかい？」と尋ねる。

バルトさんはそれに答えず、私の顔を見て顎をしゃくり、私に答えるように促してきた。

なので、「はい、構いません。カジドワさんが必要なくなるまで、お貸しいたします」と、答える。

ついでに、「これらを参考にして、違うデザインの物も作って欲しいです」と、自分の希望も述べておく。

カジドワさんは、バルトさんのおまけで付いてきたと思っていた子供の私が返事をし、意見を伝えてきたことにちょっと驚いた顔をしたけれど、すぐに切り替えたようで私に笑顔を向けてきた。

「違うデザインって、どういうことだい？」

首を傾げるカジドワさんに問われたので、私は記憶にある調理器具を思い浮かべた。

【皮むき器】は、シンプルなこの形が定番だったのだろう。他の形が思いつかないけれど、【スライサー】や【たまごスライサー】は私が知るだけでも、いろいろな種類や形があったように思う。

刃の部分の形を変えることで〝花形切り〟や〝すり下ろし〟〝みじん切り〟も簡単にできたし、〝千切り〟や〝輪切り〟は、太さや厚さを変えることも可能だった。

それぞれの料理に応じた切り方ができれば、この世界でも重宝されると思う。

子供の小さな手でつるつる滑るゆで卵を見栄えよくカットすることができたときの、自慢げな息子の顔が浮かんだ。

その他にも、カットした野菜を受ける容器（皿）がセットされたデザインもあったし、スッキリ片付けられるように、ケースに収まるように作られた物もあった。

指を傷つけないための安全ホルダーも、作業時の怪我を防ぐために必要だろう。

私はそれらのことをわかりやすく伝えるために、収納袋から紙と筆記用具を取り出し、簡単な絵を描きながら説明した。

刃の形とその刃でカットされた物がどのような形になるのか、イメージしやすいようにと思ってのことだったのだけれど、その絵を見てもバルトさんには通じなかったようで、眉間に皺がよっている。

私の絵が、下手だったのだろうか？

バルトさんが書いた地図よりは、細かく描けていると思うのだけれど……

せっかく描いたのに無駄だったかもしれない。

ちょっと落ち込みかけた私の目に、感心したように頷くカジドワさんの姿が映った。

「なるほど！　面白いな」

興奮して身を乗り出してくるカジドワさんにあれこれと説明を求められ、私の気分は一気に浮上する。

嬉しくて頬を緩ませる私と、早口になるカジドワさんを、バルトさんが呆れたように眺めていたようだが、全く気にならなかった。

私の説明をあらかた聞き終えたカジドワさんは、バルトさんが声を掛けても上の空で、まともに返事をしなくなった。

ブツブツと呟きながら、メモ用紙に文字や線を書き込むのに夢中のようだ。

すぐにでも作業に取りかかりたいのだろう。

私とバルトさんは、邪魔をしないように退散することにした。

カジドワさんに「無理をしないように」と念を押し、「明日また来るから、そのときに改めてこれからのことを相談しよう」と伝える。

……多分、カジドワさんの耳には入っていないだろうと思い、用件を書いたメモをテーブルの上に置いておくことにした。

調理器具の商品化を提案したけれど、急いでいるわけではないから無理はして欲しくない。

けれど、今のカジドワさんの様子を見ると心配になってしまう。

——楽しそうではあったけれど。

「職人っていうのは、誰も似たようなもんだな。ああなると周りの声なんか聞こえねえんだろう。落ち着くまでほっとくしかないわ」

バルトさんはそう言うけれど、差し入れの食事を持って様子を見に来た方がいいような気がする。飲まず食わずで作業していそうで怖い。

私たちはカジドワさんを気に掛けつつ、鍛冶屋を後にした。

今日こそは、教会の施設である孤児院に辿り着けるようにと歩き出す。

カジドワさんのところでちょっと長居をしすぎたようで、もう昼の時間になる。

昨日お邪魔した、ラッシャイさんとマカイナさんの店『まんぷく亭』も気になったけれど、今日は、少しだけ近道になる別の道を行くことにした。

屋台が建ち並ぶ通りに差し掛かると、美味しそうな匂いが漂ってくるようになる。

ホワンも鞄のポケットから顔を出し、鼻をひくひくさせていた。

ホワンが食べられる物もあるだろうか？

空腹感を刺激され、ついフラフラと屋台に近付く私を、バルトさんは笑いながら見ている。

「我慢しなくていいから、気になる料理があったらどんどん買っていいぞ。ユーチが食えなくなった分は、俺が食うからな」

バルトさんの言葉にワクワクしてくる。早速、肉の串焼きを発見し、購入することにした。

昨日のドロリとした茶色のタレではない串焼きに、好奇心が刺激される。

フーフーと息を吹きかけて一口食べると、香辛料の刺激に目を見開くことになった。

「辛いっ！」

ちょっと涙目になりながら、ハフハフと咀嚼する。

最初の刺激に慣れると、肉の旨味がわかるようになった。

これはこれで美味しいけれど、もう少し香辛料は控えてもいいと思う。

微妙な顔の私に気付いたバルトさんは、私の手からその串焼きを奪うと、残りを自分の口に入れてしまった。あまりの素早さに呆気にとられて恥ずかしがる暇もない。

嬉しそうなバルトさんを前に、開いてしまった口を文句と一緒に閉じ呑み込んだ。

……まあ、いいか。

辛い物の次は甘い物!?　大学芋のような物を見つけたので、それも買ってしまう。

摘まみ食いをしているようで行儀が悪いかなと思いながらも、新たな匂いに誘われてまたフラフラと別の屋台に足が向く。

——お腹がいっぱいで苦しい。

調子に乗って、気になった屋台の料理を次々と購入していったのだから、当然だろう。

それぞれを一口ずつしか食べていないとしても、かなりの量の料理がお腹に収まったはずだ。

シューセントさんの店で、衣服を貸し出して得たお金に加え、『まんぷく亭』の売り上げ一日分を、料理を教えた報酬として貰っている。そのため、当分の生活費を確保できた安心感もあったと思う。

初めて目にする料理への興味と手頃な価格を前にして、つい財布の紐が緩んでしまった。

これからどこでお金が必要になるかわからないのだから、もう少し慎重になるべきだったかもしれない。膨らんだお腹を撫でながら反省する。

「なんだ、ユーチはもう食わないのか？」

バルトさんは私に問いながら、手に持っていた料理を大きな口で頬張った。

まだまだいけそうなバルトさんに、苦笑が漏れる。

「私のことは気にせず、バルトさんの好きなだけ食べてください。のんびり見て回るのも楽しいですから、喜んで付き合いますよ」

私は、賑やかな屋台の雰囲気が楽しくて、バルトさんに笑顔を向けた。

収納袋の存在を思い出してからは、カジドワさんの差し入れを屋台で見繕っている。アツアツを届けることができないので、冷めても美味しそうな料理を選ぶようにした。

ついでに見つけた、珍しい果物や懐かしい果物も購入する。

ホワンが気に入った果実を見つけ、ポケットから出てきたときは、その店のおじさんに大喜びされ、たくさんおまけもいただいた。

「この時期にしか食べられない果物だ！」とか「今が旬の、これを食べなきゃ後悔するぞ！」とか「採れたてだから、まだ二、三日は美味しく食べられるはずだ！　まとめて買ってくれりゃあ、おまけするが、どうだ？」とかいう言葉に乗せられ、つい多めに買ってしまったような気がしないでもないけれど、それらの果物の甘い香りが美味しそうだったのだから仕方がない。

そんなこんなで、ブラブラと歩きながら中央広場に差しかかった。

二十四、魔物の討伐

「おいっ、バルト！」

バルトさんを呼ぶ声に足を止める。

声のした方を見ると、先日ギルドの酒場で紹介されたクレエンさんの姿があった。

バルトさんとカジドワさんの幼馴染だというクレエンさんは、酔っぱらっておかしなことを叫んでいた印象が強く、思わず身構えてしまう。

今日は、お酒は飲んでいないようだけれど、あまり機嫌が良いようには見えない。

「おお、クレエンか、どうした？」

「どうしたじゃねえよ。街にいたんなら、ギルドに顔ぐらい出せよ。もうすぐ魔物狩りだろうがっ！　明日、正式な日程が告示されるらしいから、依頼内容を確認して忘れずに受けるよう手続きしろよ。今回もお前と組んで、がっぽり稼ぐからな」

「ええ～⁉　今回はパスで！」

「はあ？　なに寝ぼけたこと抜かしてんだ～⁉　冒険者にとって定期的に行われる領主主導の【魔物討伐】は、いい稼ぎになるイベントじゃねえか。参加しないなんて、あり得ねえだろ？」

「まあ、そうなんだけどな……今んとこ、金に困ってねえから、無理して参加しなくてもいいと思うんだわ」

「ああ⁉　なに言って……？　こ、子供か⁉　子供のせいなのか！」

クレエンさんは、バルトさんの隣にいる私に気付き顔を歪めた。

「率先して討伐に参加してたお前が、とんだ腑抜けになりやがって。デレデレした顔を、俺に向けてんじゃねえよ。子供が大事なら、これまで以上に気合を入れて働くべきだろうが！　その子供のためにも馬車馬のように働いて金稼ぎやがれ、アホがっ」

バルトさんを罵倒したクレエンさんは、「グワーッ」と叫び声を上げ、頭を抱えてしまう。

最初に会ったときもそうだったけれど、突然身悶えし出したクレエンさんに、掛ける言葉が見つからない。

どうやら、近々行われるらしい【魔物討伐】にバルトさんが参加しないかもしれないと聞き、嘆いているようだ。

詳しい話を、バルトさんに聞いてみると……

――この地上には【魔素溜まり】という、魔法の元になる力（魔素）が溜まる場所があるらしい。

そして、そこで生息している動物がその魔素を一定量体内に取り込むと、魔物化するのだという。

魔物化した動物は凶暴になるのだが、魔道具の材料となる魔石を体内に持つようになるため、有用であるようだ。

それに、魔物は【魔素溜まり】付近にしか生息できないらしく、危険地帯に指定されるその場所に立ち入らなければ、魔物に遭遇することはないというから安心だ。

非力な私でも大丈夫そうで安堵する。

しかし、差し迫った危険がないからといって放置していると【魔素溜まり】が広がり、魔物の生息地も増えることになる。

それによって魔物の数が増え、強大な力を持つ魔物が発生する恐れもあるため、魔石の確保を兼ねて定期的に討伐する仕組みが、領主によって作られたようだ。

個人で【魔物討伐】を専門に熟す冒険者もいるようだが、危険を伴う。

その点、領主主導で決行する【魔物討伐】では、人数の確保ができるため、充分な戦力で魔物と対峙できるという利点がある。

それに、自分で狩った魔物の魔石は当然自分の物にできるし、領主が雇った補助人員や物資によって怪我(けが)の治療にも対処してもらえるという。

限りなく安全に資金を増やせる機会なのだから、『参加しないなんて、あり得ねえだろ？』という、クレエンさんの言葉にも頷(うなず)ける。

冒険者のバルトさんにとっても、美味(おい)しい依頼であるはずなのだ。

気が進まない様子なのは私がいるからだろう。

私は、バルトさんの顔を覗(のぞ)き込む。

「【魔物討伐】に行きたいのなら、行くべきですよ。孤児院までの道を覚えたら、私一人でもなんとかなりそうですし、しっかり留守番していますから、是非(ぜひ)、たくさん稼(かせ)いできてください」

軽い感じで促したのだが、バルトさんは驚いたように目を見開くと、勢いよく反論してきた。

「なに言ってんだ？　討伐に出れば短くても二日は家に帰ってこられないんだぞ。まだ慣れてないこの街で、ユーチ一人でどうするんだよ？」

「……日帰りじゃないんですね」

バルトさんに、二日は家を空けることになると知らされ少し不安が頭に過(よぎ)ったけれど、ここは中田祐一郎。大人の意地を見せるときだろう。

バルトさんに出会わなければ、最初から一人で生きていくつもりだったのだ。

数日くらいなんとでもなるはず。

「大丈夫です。知らない道は通りませんし、戸締りもちゃんとします。バルトさんの言い付け通り、包丁などの危ないと言われた物には、手を出さないと誓います」

注意しなければならないことを胸を張って答えたのだけれど、バルトさんは難しい顔のまま黙り込んでいる。

「そんなに心配なら、ユーチも【魔物討伐】に参加させればいいんじゃね？」

「ああ？」

「え⁉」

「ユーチは十歳で、ギルトにも登録してあるんだろ？　保護者が一緒なら問題ないと思うが？」

クレエンさんの発言が予想外すぎて、すぐに返事ができなかった。

「――無理だ！」

「――無理です」

少しの沈黙の後、バルトさんと私は同時に否定の言葉を口にする。

戦闘能力、ゼロ、いやマイナスではないかと思われる私が一緒に行くなど、足手纏い以外の何物でもない。

考える余地もないほど、あり得ない事態に血の気が引く。

青くなっているであろう顔を左右に振り、全力で否定する私に、バルトさんも加勢する。

「クレエン！　よく見ろ。ユーチのこんな細っちい腕や足で、魔物の討伐ができると思うか？　武器を持つことはもちろん、畑仕事だってしたことがない箱入り息子だ。荷物だって大して持てやしねえ。荷物の下敷きになるのが落ちだわ。イノシンを前にしてビビッて動けなくなる奴だからな。魔物を見たら小便をちびるに違いねえ。討伐なんて無理だ！　無理！　絶対無理だぞ！」

――バルトさんも必死なのだろう。

それはよくわかる。

わかるのだけれど……改めて言われると胸に刺さる。

確かに、今の自分が非力（無能）なのは認める。

バルトさんの言うことの、ほとんどは間違っていないのだろう。

けれど、「畑仕事をしたことはなくとも、家庭菜園くらいなら経験があるぞ」と、つい反論したくなってしまう。【魔物討伐】から逃れるために、渋々口を噤んでいたけれど。

結局、バルトさんの私非力（無能）発言が功を奏したようで、クレエンさんも私を討伐に連れていくことを諦めてくれた。

その代わり、バルトさんがクレエンさんと一緒に【魔物討伐】の依頼を受けることを約束させられていたけれど……

希望通りになって嬉しいはずなのに、軽くディスられた気分の私は、いささか落ち込み気味である。

二十五、孤児院

「なあ、ユーチ？　なんか機嫌悪い？」

バルトさんと私はクレエンさんと別れ、教会がある場所へ向けて歩いているところだ。

「いえ、特にそういったことはないですよ。いたって普通だと思いますが？」

バルトさんが私の顔色を窺い、オロオロしている。

「えっ⁉　いや……でも、なんか怒ってるような？」

私は首を傾げ、バルトさんに視線を向けた。

先ほど、自分でもわかっていた無能さをバルトさんに改めて言葉にされ、ちょっと落ち込んでいたのだけれど、それが顔に出てしまっていたのだろうか？

少し固くなっている自分の頬に手をやり、むにゅむにゅと解してみる。

平気で痛いところを突いてくるような無神経なところがあるのに、今のように私の顔色を窺い、まごついているバルトさんがおかしい。

「きっと、気のせいですよ」とクスクス笑いながら答えると、ホッとしたのか笑顔になった。

「それより、あそこに見える建物が教会ですか？」

私は前方に見えてきた、高さのある建物を指さし尋ねた。

「ああ、そうだ。なかなか立派な教会だから、ユーチも驚くかもな」

近付くにつれ、教会の全貌が明らかになると、バルトさんの言葉に納得する。

中央広場からそれほど離れていないはずなのだけれど、教会が建てられている広い敷地に足を踏み入れただけで、全く別の雰囲気になり驚いた。

落ち着いた佇まいからなのか、自然と厳粛な気持ちにさせられる。

教会の前で立ち止まり、白く美しい威厳のある建物を見上げ息を吐く。

地球にある世界遺産とされる教会と比べても見劣りしない外観のそれは、規模は小さいかもしれないけれど、軽い気持ちで立ち入ってはいけないように感じた。

「子供たちを受け入れ、魔法や読み書き計算を教えている孤児院は、教会の裏側にある。生垣の奥にある建物だ。保護されている子供たちもそこで生活している」

バルトさんの説明に頷きながら周りを見渡すと、少し離れた場所に停められた立派な馬車に気付く。その馬車には身なりの良い御者が待機しているようだ。

今教会に、身分の高い人が訪れているのだろうか？

できるなら、出くわしたくないのだけれど……

バルトさんも馬車の存在に気付いたようで、「教会の中の見学は今度にして、このまま奥の孤児院へ行くことにするか？」と提案してくれたので、私は喜んで同意した。

私を驚かせたくて、わざわざ教会の正面にある立派な門から入ることにしたようなのだが、孤児院へ通じる専用の出入り口が別にあるらしい。

魔法を習うために孤児院へ通うときはその門を使うつもりなので、帰りに教えてもらうことにした。

バルトさんの後について歩いていると、歴史を感じるがっしりした建物が見えてきた。

あれが、孤児院なのだろう。遠くから子供の声も聞こえてくる。

中身六十歳の私が、子供たちに馴染むことができるだろうか？

緊張しながら歩みを進める私の耳に、楽しそうな笑い声がはっきりと届くようになった。

小さくなった自分の背丈では生垣の先が見えず、子供たちが何をしているのかわからなかったけれど、穏やかな雰囲気に緊張も少しだけ解れた気がする。

生垣の間に設置された簡素な門の前で、バルトさんが立ち止まった。

「――いや、大丈夫だろう。今日はユーチと一緒だし……後ろからついていけば、それほど目立たないはずだ……」

なにやら、小さな声で呟いているバルトさんは、立ち止まったまま中に入ろうとしない。

どうしたのだろう？　なぜか、表情も硬い気がするのだが……

「バルトさん？」

不思議に思い声を掛けると、バルトさんは言葉を詰まらせ苦笑した後、意を決したような顔で
「おお、じゃあ、行くか？」と、ゆっくりと門を開けた。

そのまま入っていくのかと思ったのだが、バルトさんは私に視線を向けたまま動かない。

「あ、あれだ、孤児院だから子供のユーチが先に行った方がいいと思うぞ。俺は、後ろからついていくから……何かあれば声を掛けてくれればいいしな」

どうしてか、バルトさんは私を先に行かせようとする。

それまでは気付かなかったけれど、孤児院に行きたくないのだろうか？

笑顔なのに緊張しているように見えるバルトさんに、私は首を傾げた。

「わかりました。それでは、私が先に行きますね」

私は、孤児院がどういうところかわからなかったけれど、院長先生のような方がいるだろうと思

い、その人に挨拶をしようと足を踏み出した。

よく日の当たる庭に、水しぶきが眩しい。

二人の女の子がきゃーきゃー言いながら、畑のような場所へ水をやっているのが見えた。

楽しそうだ。

「こんにちは」

私は、少し子供たちに近付き、緊張しながら声を掛ける。

笑顔で振り向いた子供の手から出ていた水が、ちょっと私の方に飛んできたが、濡れることはなかった。

けれど、私と同じくらいに見える女の子が手から水を出しているのを目の当たりにし、驚いて目を見開いてしまう。

「ごめん。濡れちゃった？」

一人の女の子が心配して、駆け寄ってきた。

「いえ、大丈夫です。濡れていません。それより、凄いですね。小さいのに魔法が使えるんですね」

私は、感心して思ったことを口にしたのだけれど、女の子は気分を害してしまったらしい。

「小さくなんかないし、それに、これくらいの魔法は大したことじゃないからっ！」

女の子はそう言って、ツンと顔を背けてしまった。

「すみません。何か気に障(さわ)ることを言ってしまったようで、決して馬鹿にしたわけではないです。私はまだ魔法が使えないので驚いてしまって」

このくらいの女の子の扱いがわからなくて、しどろもどろになりながら、私は必死に謝罪の言葉を探す。すると、後ろからもう一人の女の子がやってきて、怒っている子の服を引っ張った。

小さな声で「……デシャちゃん。その子、困ってるよ」と、とりなしてくれた。

ありがたい。

私は感謝を込めてその子に笑顔で頭を下げたのだけれど、その子は真っ赤になって怒っていた子の後ろに隠れてしまった。

人見知りなのだろうか？

怒っている女の子と、恥ずかしそうにもじもじしている女の子を前に、私も困ってしまう。

「バルトさ～ん。助けてください」

私は、後ろにいるであろうバルトさんに、声を掛けた。

しかし、少し離れたところにいたバルトさんがこちらに数歩足を進めると、女の子たちの悲鳴が――

驚いて振り向く私の視界に、逃げるように去っていく女の子たちの姿が映る。

「えっ……どういうこと？」

何か危険があっただろうかと辺りを見渡したけれど、特に気になることはなかった。

あれでは、バルトさんに驚いて逃げ出したように見えてしまう。

訳がわからず、答えを求めてバルトさんに視線を向けると、バルトさんは片手で顔を覆い、肩を落とし項垂(うなだ)れていた。

ん⁉

もしかして……

「バルトさん？」

私の声にビクッと身体を震わせたバルトさんは、顔を上げると苦笑いを浮かべて頭を掻(か)く。

そして、諦(あきら)めたように大きく息を吐(は)き出した。

「いや～、ユーチと一緒でもダメだったか。俺の容姿が子供には怖いらしいからな、まあ、いつものことだ。仕方ねえわ」

子供に悲鳴を上げられることが、いつものこと？

さっき入り口で躊躇(ためら)っているように見えたのは、気のせいではなかったようだ。

怖がられることを心配していたらしい。

私に接する態度を見ても、バルトさんはとても子供好きだと思うのだけれど？

この仕打ちは、かなり辛いのではないだろうか。

顔は笑顔なのに、元気がないように見えるバルトさんがちょっと心配になる。

「あ、あの、今のは女の子だったからでは？　男の子ならバルトさんの逞しい身体は、憧れの対象になると思うのだけれど」

バルトさんは、私も羨ましいと思える体格をしている。だからそう思い言葉にしたのだが、バルトさんは首を横に振ってますます肩を落とした。

「いや、男でも怖がるぞ。さっきみたいな悲鳴は上げねえが、だいたい距離を取られて近付いてこないな。たまに、逃げない奴もいるが、カチコチになって顔を引きつらせているのを見ちまうと、こっちが苛めているようで気が引ける」

「……そうなのですか」

励ますつもりが、いろいろ思い出させてしまったようだ。さらに落ち込むバルトさんに、かける言葉が見つからない。

「おやおや、『クマロダが出た～！』って駆け込んでくる子がいたから、様子を見に来たのだけれど、『クマロダ』の正体はバルトジャンだったようだね」

年配の女性が「ホホホッ」と、笑いながら近付いてくる。

「マーザ院長！」

バルトさんは慌てて項垂れていた背筋を伸ばし、目の前の女性に頭を下げた。

「バルトジャン、あなたが昼間に来るなんて珍しいね。子供たちに姿を見られないように、いつも夜中にコッソリ来て、差し入れを置いといてくれていただろ？　子供たちは時々ある差し入れが楽しみで、早起きする子も増えたんだよ。ありがとうね。それで、今日はどうしたんだい？　どうやら可愛いお客さんも一緒のようだけれど……もしかして、その子を孤児院に預けに来たのかい？」

バルトさんをからかうように笑っていた女性は、私に気付くと真面目な顔に切り替え、要件を尋ねる。

「いえ、ユーチは俺の家で暮らすんで、預けたりしません！」

バルトさんはその女性、マーザ院長様（？）の言葉を否定した後、私に生活魔法を教えてくれるように頼んでくれた。

バルトさんの態度がいつもと違っていて、少し戸惑ったけれど「よろしくお願いします」と、私も頭を下げる。

「おや、そうなのかい？」

マーザ院長様は驚いたように目を見開くと、バルトさんの顔を見て嬉しそうに微笑む。

そして、私と視線を合わせるために少し屈み、私にも笑顔を向けてくれた。

凛とした雰囲気を持つマーザ院長様に、温かな眼差しを向けられ、ちょっとドキッとする。

若い頃はさぞかし美人だっただろうなどと想像してしまい、慌てて不謹慎な思考を打ち消した。

「私は、この孤児院の院長を務めているマーザだ。よろしく頼むよ。坊やの名前は……ユーチと言ったかねえ？」

「は、はい、マーザ院長様。ユーチと言います」

私は慌てて自分の名前を伝え、鞄のポケットにいるホワンも呼び出し紹介した。

「おや、ニーリスかい？　可愛いものだね。子供たちが喜びそうだけれど、この子を怖がらせてしまうかもしれないね。動物と触れ合うことは良いことだけれど、まだ小さい子もいるから、お互い怪我がないように気を付けるんだよ」

確かにそうだ。小さな子には力の加減が難しいだろう。

痛くされればホワンも抵抗し、引っかいたり噛みついたりして、子供に怪我をさせてしまうかもしれない。それに、自分のせいで小さな動物に怪我をさせ、間違って死亡させてしまうようなことになったら、その子供の心に深い傷が残るだろう。――私は少し考え、ホワンにはもうしばらく鞄のポケットの中にいてもらうことに決めた。ホワンも特に不満はないようで、私が一撫でしてポケットへ戻せば、丸くなって大人しくしている。

マーザ院長様は「私に〝様〟はいらないからね」と、呼び方を直すように促し「せっかく来たんだから、今日から習っていくかい？」と、提案してくれた。

「えっ、今日からでもいいのですか？」

私は、マーザ院長の提案が嬉しくて、バルトさんに笑顔を向ける。

今日は、挨拶だけのつもりだったのだけれど、教えてもらえるのなら是非お願いしたい。

「そうだな、じゃあ、頼むか？」

「はい！」

私が元気よく返事をすると、バルトさんは苦笑を漏らす。

「ユーチが一人でも大丈夫そうなら、俺は終わった頃に迎えに来るようにするわ。また、悲鳴を上げられたら面倒だからな」

諦めたように笑うバルトさんが、気の毒になる。

私は、決意した。

魔法を習得するまで孤児院に通うのだから、その間にバルトさんの素晴らしさを子供たちにわかってもらえるように努めよう！　と。

「バルトジャン、気を遣わせて悪いね。そのうち慣れると思うから、ちょくちょく顔を出すといいよ。クレエンにも、元気なら顔を見せるように声を掛けておくれ」

「ああ、わかった。一応、伝えとく。それじゃあ、ユーチのことよろしく頼みます」

バルトさんは、マーザ院長に頭を下げ挨拶をすると、私に「頑張れよ」と小さく声を掛け、軽く手を振ってくれた。

私も感謝の気持ちをこめ、笑顔でバルトさんに手を振り返す。

バルトさんは手を振る私を見て、顔を赤くしていた。

大きな身体で照れているバルトさんが、可愛く見える。

こんな姿を見れば、子供たちの反応も変わるだろうに……今ここに、さっきの子供たちがいなくて残念に思う。

名残惜しそうに、何度も振り返りながら去っていくバルトさんを、私とマーザ院長は笑いを堪えながら見送った。

「それじゃ、子供たちにユーチを紹介しに行こうかね」

私はホワンがちゃんと鞄のポケットに入っていることを確認し、マーザ院長と一緒に歩き出す。

ポケットの蓋は、ホワンが中から持ち上げて外に出ることができるようになっている。子供たちの前で不用意に姿を見せないようにしなければと、気を引き締める。

「ユーチは何歳になるんだい？」

マーザ院長が年齢を尋ねてきたので、私は最初に決めた通り十歳で身寄りがないことを話し、バルトさんに危ないところを助けてもらったのだと、これまでの経緯を簡単に説明した。

バルトさんに感謝していると伝えると、マーザ院長はとても嬉しそうに微笑み「あの子も、立派になったねえ」としみじみと頷かれた。

「先ほど、クレエンさんのことも気にかけているようでしたが、お二人と親しいのですか？」

私は、気になっていたことを尋ねた。

「ああ、バルトジャンからは聞いてないかい？」

私が首を横に振ると、「あの子とクレエンは、孤児院の出身だからね」と教えてくれた。

「えっ、そうなのですか？」

私は、驚いて声を上げる。

そういえば、バルトさんから家族の話を一度も聞いたことがなかった。

「気にすることはないよ。あの子たちは逞しいからね。十歳まで孤児院にいられるのに、八歳になると、二人一緒に飛び出してしまってね。仲良くなった冒険者について回りながら、いろいろ教えてもらい、簡単な仕事をしていたようだよ。そんな子供は孤児院でも初めてだったから、最初はとても気を揉んだのだけれど、自分たちの稼いだお金でどうにか生活できるようにしちゃったのだから、文句なんて言えやしないよ。大したものだろ？」

「はい、そうですね。本当に凄いです」

私は、マーザ院長が語る子供の頃のバルトさんたちに感心して、大きく頷いた。

本当に凄いことだと思う。

八歳の子供が自立を目指し、それを叶えてしまうなんて――

バルトさんやクレエンさんが実年齢より老けて見えたのは、幼い頃から苦労してきたからなのだなと、妙に納得させられたのだった。

二十六、二人の女の子

マーザ院長と一緒に子供たちが育てているという畑を眺めてから、孤児院の広い敷地を歩く。

ガッチリした外観の孤児院は、実用的に見えた。

窓から中の様子が少し窺えたけれど、人の姿は見えず子供がいるような騒がしさは感じられない。

「院長せんせ～い、クマロダは？　クマロダまだいた？」

さっき逃げていった女の子、確かデシャちゃんだったかな？　その子がマーザ院長に駆け寄ってきた。

「デシャ、落ち着きなさい。あなただって本当は、クマロダじゃなくて大人の男の人だったってわかっているのだろ？　確かに大きくてちょっと怖く見えてしまったかもしれないけれど、悲鳴を上げて逃げ出す前にきちんと確認して、本当に逃げなきゃいけない相手なのか判断できるようにならなきゃいけないよ。見た目で拒否されて悲しい気持ちにさせてしまったかもしれないからね」

「でも、そんなの、わからないよ。もたもたしてたら捕まっちゃうかもしれないじゃん」

「確かにそういう悪い人間もいないわけじゃないから、デシャが不安に思うのもわかるけれど……

そうだね、じゃあ、今度は悲鳴を上げないように頑張ろうか。逃げてきてもいいからね。それで、
信頼できる大人に、どんな状況だったかできるだけ正確に話してごらん。デシャじゃわからないこ
とも、大人ならわかることもあるだろ？　本当に危険なときはその人がデシャを護ってくれるから、
慌てず冷静にね」

「うん、わかった。頑張ってみる」

「いい子だね」

そう言って、マーザ院長は興奮していた女の子を大人しくさせ、優しく頭を撫でてあげている。

「ほら、セラもおいで、新しく魔法を教わりに来た子を紹介するよ」

マーザ院長が建物の中からこちらを窺っていた女の子に声を掛けると、先ほどの子がおそるおそ
る出てきた。

「二人とも、ちゃんと挨拶してごらん」

マーザ院長に背を押され、私の前に立つことになった女の子の一人、デシャちゃんが顔を上げる。

「わたしは、デシャ。もう十歳だよ。ここでは一番上のお姉ちゃんなんだから。小さくないか

らね」

デシャちゃんは、私がさっき『小さいのに』と言ったことを気にしているみたいで、腰に手をやり、胸を張って『小さくない』と主張している。

ツンとした態度も子供らしくて可愛(かわい)い。思わず笑みがこぼれる。

「ユーチと言います。先ほどはすみませんでした。私も十歳ですが、魔法のことはまだ何もわからないので、コツとか教えてくれると嬉しいです」

「ふ～ん、そうなの？　でも、わたしより背が低いから、お姉ちゃんって呼んだら教えてあげてもいいわよ」

デシャちゃんは、私が自分と同じ十歳だったことに納得がいかない様子だったけれど、少し態度を軟化(なんか)させてくれたように見える。

確かに並んで背を比べると、マーザ院長にセラと呼ばれていた女の子と私が同じくらいで、デシャちゃんは頭半分くらい大きかった。

このくらいの年齢の子供は、女の子の方が成長が早いらしいから、数年後には私が見下ろしていることになるはず……

成長した自分の姿を想像し、どうにか気持ちを切り替えてみたけれど、さすがにお姉ちゃん呼びは恥ずかしい。十歳の女の子の弟役など、いろいろ削(けず)られそうで辛(つら)い。

デシャちゃんに教わらずに済むように、なんとしても自力で魔法を習得しなければと気合が入る。

「……セラと言います。八歳です。よろしくお願いします」

私とデシャちゃんの微妙な雰囲気(ふんいき)は、挨拶(あいさつ)をしてくれたセラちゃんの優しく穏(おだ)やかな声で癒(いや)され、浄化されたような気がした。

「こちらこそ、よろしくお願いします」

私は、セラちゃんにも頭を下げ、笑顔を向ける。

セラちゃんは恥ずかしがり屋なようで、俯(うつむ)いてしまった。

しかし、セラちゃんが八歳だったとは……

八歳の女の子と同じ背の高さだったことに、ショックを受けた。

デシャちゃんとセラちゃんは、性格が正反対のようだけれど、いつの間にか手を繋いでいるところを見ると、とても仲が良いのだろう。

デシャちゃんの機嫌が良くなったようなので、バルトさんが間違えられたクマロダのことを尋(たず)ねてみた。

「ユーチは、クマロダも知らないのね。良いわ、わたしが教えてあげる」

そう言うと、どこからか丈夫そうな棒を持ってきて、地面に絵を描きはじめた。

「クマロダは黒い毛がモジャモジャ生えてて～、こんな感じの耳があって、シッポはこうね。それで、顔は……」

デシャちゃんが描いていく絵は、実際の大きさを表しているのだろうか？

かなり大きな生き物のようだ。

クマに似ているように見えるけれど、その顔はとても恐ろしく描かれている。

これが本当に存在している動物なのか、実際に見たことがないのでわからないものの、デシャちゃんの絵からクマロダの迫力が伝わってくる。

簡単に描いてくれたけれど、消してしまうのがもったいないと思えるほどの絵だった。

この動物に間違えられたバルトさんを、気の毒に思わずにはいられなかったが……

「ねえユーチ？　ユーチは男の子なんだよね。なんで女の子みたいにしゃべってるの？」

「え⁉」

突然の、デシャちゃんの言葉に首を傾（かし）げる。

「女の子みたい？」

「そうよ、わたしって言うのは女の子よ。男の子は、ぼくとかおれって言うでしょ？」

隣で、セラちゃんも頷（うなず）いている。

二人の女の子に不思議そうな顔をされ、たじろぐ。

確かに、この年齢の男の子が自分のことを〝私〟と呼ぶことはないかもしれない。

だからといって、僕や俺に変えるのは……ちょっと恥ずかしいのだけれど。

「セラちゃんもそう思うでしょ？　やっぱりおかしいのよ！　ねえ、ちょっとぼくって言ってみてよ」

「えっ」

デシャちゃんにグイグイ来られて、逃げ場がない。

「ぼ、僕？」

頬が熱くなるのを感じながら、なんとか声に出す。

デシャちゃんは満足そうに頷いて「そうよ。その方が絶対良いわ」と言うと、セラちゃんと顔を見合わせ、にっこり笑う。

とても可愛い無邪気な笑顔なのだけれど。

「いい、これからは、ちゃんとぼくって言うのよ。わたしなんて言ったら、スカート穿かすんだから！」

などど、恐ろしいことを口にされ、顔が引きつってしまう。

マーザ院長に助けを求めるように視線を向けたけれど、私の情けない顔がツボに入ったのか、クスクスと笑いを堪えるように肩を震わせている。

恨みがましく「……マーザ院長？」と軽く睨むと、マーザ院長は一つ咳払いをしてから取り繕うように、真面目な表情に切り替えた。

「――今孤児院にいる子で、魔法を習っているのはこの二人だよ。午前中は外から習いに来る子供が何人かいるけれど、その子たちへの紹介は明日になるかね。バルトジャンによると、できるだけ早く『洗浄』の魔法を覚えたいってことだったから、ユーチは午前午後関係なく、時間があるときに来るといいよ。私がいないときでも困らないように孤児院の者に話しておくから、安心して通っておいで」

「はい、ありがとうございます」

「それじゃあ、デシャとセラに、【生活魔法】をちょっと披露してもらおうかね」

マーザ院長はそう言うと、二人に「無理しなくてもいいから、得意な魔法を一つ見せておくれ」と、頼んでいた。

デシャちゃんは「まかせて！」と、自信満々な様子で胸を張る。

「ユーチ、ちゃんと見てるのよ。わたしのほのお、すっごいんだから！」

かなりやる気を見せているデシャちゃんに指を差され、苦笑が漏れた。

セラちゃんは恥ずかしそうに俯いてしまっているけれど、『水』の魔法を見せてくれるようだ。

二十七、初めての魔法

「わたしが最初ね」

デシャちゃんはそう言うと、なぜか私の隣に並ぶような位置に着く。

「『ギュ』っとして、『バン！』だよ！」

身振り手振りを交えて、デシャちゃんが魔法のコツらしきことを伝えてくれたようだ。しかし、申し訳ないけれどさっぱりわからなかった。

疑問符を頭に浮かべたまま曖昧に笑う私に「じゃあ、いくよ～」とデシャちゃんは一言告げ、ちゃんと見るようにと念を押す。

どうやら、私に良く見えるように気を利かせて隣に来てくれたようだ。

デシャちゃんは真剣な表情で右手を前に突き出し、魔法を放つ準備をする。

バルトさんの魔法には驚かされたけれど、今度は子供が披露する【生活魔法】なのだ。

大したことはないだろう。

『いでよほのお～』

恰好いい詠唱に似合わない可愛い声が響き、頬が緩む。

――ヴォン！

「――っ！」

緩んだ頬が、一瞬で引きつるのがわかった。

デシャちゃんの小さな手から現れた炎は、こちらに向けられていたわけではないし、すぐに勢いをなくし霧散したから全く危険ではなかったのだけれど、思わず後退っていた。

バルトさんには及ばない小さな炎だったものの、子供のデシャちゃんでもガスに引火したような勢いの魔法を放つことができるのだとわかり身震いする。

あれでは、魔法によって簡単に人を傷つけることができてしまう。

子供に刃物を持たせてしまったような恐怖を感じ、速くなった鼓動がなかなか収まらなかった。

魔法を披露したデシャちゃんは私の反応を満足そうに眺め、にんまりと笑う。

けれど「疲れた～」と気の抜けた声を発し、その場にフラフラと座り込んでしまった。

「――大丈夫？」

私は、突然自分の足元に蹲るデシャちゃんに、驚いて声を掛ける。

デシャちゃんは細かい制御が苦手らしく、よくこうして魔力を使い切ってしまうのだそうだ。

一時的に魔力がなくなっても、少しだるさを感じる程度の不快感で済むらしく、時間の経過とと

もに通常の状態に戻るようなので心配ないらしい。

「いつものことだから、へいきだよ〜」

デシャちゃんは、そう言って笑っていた。

けれど、服が汚れるのも気にせず、その場にコロンと寝転んでしまう。

本当に大丈夫なのだろうか？

「おやまあ、デシャは幼児組と一緒にお昼寝が必要なのかい？」

マーザ院長に窘められ、「ちがうよ、そんなの必要ないからっ」と慌てて飛び起きていたので、本当に心配いらないようだ。

乱れた髪や服の汚れを払い、すました顔をするデシャちゃんを微笑ましく眺める。

幼児組という言葉を耳にし、姿が見えない他の子供たちのことが気になり、マーザ院長に尋ねた。

「孤児院には、何人の子供がいるのですか？」

「今は十人だね。デシャとセラの他に、部屋でお昼寝をしている五歳以下の子供が六人。そのうち一人は、まだ一歳未満の赤ん坊だよ。後は、少し前に【生活魔法】を習得して冒険者登録を済ませた十歳の男の子が二人いるね。今は、ギルドの依頼を受けているはずだよ。来年の春にはここを出ないとならないから、今のうちに少しでも稼ごうとしているのだろうよ」

マーザ院長の話では、デシャちゃんを含め、三人の子供が自立しなければならないらしい。

私が想像していたより子供の数が少なかったのは、十歳で孤児院にいられなくなるからだったのだと、改めて気付かされた。

その子供たちは、私と違って本当に十歳の子供なのだ。

今、笑っているデシャちゃんだって、不安を感じていないわけがない。

意図せず子供の姿にさせられ、見知らぬ場所で不安を抱えていた数日前の自分と重なる。

バルトさんのお陰で不安なく過ごすことができているから余計に、デシャちゃんたちの助けになりたいと感じるのだろう。

今の自分に何ができるかわからないけれど、これからできることを考えていきたいと思う。

マーザ院長に促され、今度はセラちゃんが魔法を披露(ひろう)してくれるようだ。

私は気持ちを切り替え、緊張した表情のセラちゃんに意識を向ける。

セラちゃんは、私たちから少し離れた場所で立ち止まり、両手を上にあげ構えた。

そして、小さな声で「――あめ」と一言呟(つぶや)く。

デシャちゃんのような詠唱は唱えなかったけれど、セラちゃんの手から優しい雨が溢(あふ)れ出す。

それは、セラちゃんの周りにパラパラと降り注ぎ、太陽の光が反射して見事な虹(にじ)を作り出している。

魔法のことはよくわからないけれど、途切れさせることなく魔法を維持しているセラちゃんの凄(すご)

さを感じた。

「ご苦労様、ありがとうね」

マーザ院長に労われ、腕を降ろし魔法を止めたセラちゃんは、ホッとしたように微笑んだ。

「ユーチは、魔力を感じることはできるのかい？」

マーザ院長に問われたので、バルトさんに教えてもらったことを伝える。

「そうかい。それなら最初は、発現したことがわかりやすく危険が少ない『水』の魔法から習得していこうかね。『水』の魔法が得意なセラを参考にするのもいいだろうけれど、魔法を出現させるイメージは人によって違うから、いろいろ試してみるといいよ。最初から上手くできるわけじゃないから、気楽にね」

マーザ院長に促され、私も魔法の練習を始めることにした。

数回深呼吸をし、気持ちを落ち着かせた後、自分の中にある魔力に意識を向ける。

心の中で明確にイメージを思い描けるように訓練するのだと、バルトさんは言っていた。

感じる魔力を、手の平に集めながら、とりあえず『水』をイメージしてみる。

最初はお猪口を一杯ほどの水が出せればいいらしい。

そんなことを考えたからか、ふと、お猪口を手にしているところが浮かんだ。

あ、これだと、水じゃなくてお酒がイメージされてしまう？

私は、慌ててお猪口を打ち消す。

バルトさんに説明されたときの手の形が、お猪口のようだったからって、水を思い描くのにお猪口はないよね。

自分に苦笑しながら、今度はグラスに入った水をイメージする。

——水、水、水。

「…………？」

——しばらく、唸りながら頑張ってみたけれど、上手くいかない。

どうしてだろう？

魔力は、手の平に集まっているような気がするのだけれど……

そばではセラちゃんが『火』の魔法を成功させたようで、デシャちゃんと嬉しそうに話をしている。

成功したのは、デシャちゃんのお陰だったのだろうか？　セラちゃんの横で自慢げに胸を張っているデシャちゃんの姿があった。

私も、頑張らなければ！

ふーと大きく息を吐き、もう一度気持ちを集中させる。

そういえば、バルトさんや、デシャちゃんにセラちゃん、皆、手から直接『炎』や『水』が現れていたような……
これまで目にした魔法を思い浮かべる。
――もしかして私は、『グラスに入った水』を魔法で出現させようとしていたとか？
もしそうなら、『水』以外の余計なグラスをイメージしないようにすればいいはず。
今度は、手の平に水を溜めるようにイメージしてみよう。
顔を洗うときのような感じかな……？
――っ！
あっできた⁉
先ほどまでの苦労が嘘のように、簡単にできてしまった。
やっぱり、お猪口やグラスのイメージが邪魔だったようだ。
成功したことに安堵し、改めて魔力で出すことができた『水』を見る。
あれ？
手の平いっぱいに溜まった水が……温かい⁉
――もしかして、お湯が出たとか？

二十八、美味（おい）しい水

「えっユーチ、もうできたの？」

手の平のお湯（？）に意識が向いていた私は、突然デシャちゃんに声を掛けられ飛び跳（は）ねた。

その拍子（ひょうし）に「びちゃっ」と、魔法で出現させた水をぶちまけてしまう。

「ご、ごめん。水かかっちゃった？」

「ううん大丈夫。それより、ねえ、さっきのもう一度やって見せて！」

いつの間にそばに来ていたのか、デシャちゃんが身を乗り出すようにして催促してくる。

セラちゃんとマーザ院長も、私が魔法を成功させたことを喜んでくれているようだ。

「もっと苦労するかと思っていたけれど、なかなかやるじゃないか。魔力に余裕があるなら、忘れないうちにもう一度やってみるといいよ。同じ魔法を何度も繰り返すことで、発動がスムーズになるし、魔力消費を抑えられるようになると言われているからね」

微笑（ほほえ）みを浮かべたマーザ院長にも促される。

「そうなんですね」

魔力の消費量を減らすことができれば、今持っている魔力を効率よく使えるようになるだろうから、迷う必要もない。

「……わかりました。もう一度やってみます」

三人に見られながらだと緊張するけれど、魔力に意識を集中させる。

さっき手の平に現れたお湯は、私がいつも顔を洗っていたときの水の温度だったように思えた。

そうだとすると、熱湯や冷たい水も、イメージできれば出現させられるのだろうか？

手の平に熱湯は、火傷（やけど）するかもしれないから試せないし……

そうだ！

成功するかわからないけれど、日本の名水として知られているあの湧（わ）き水をイメージしてみよう。

――こんこんと湧（わ）き上がる清らかな水。

澄（す）み切った水面（みなも）に映る緑が目に浮かぶ。

周りの空気までも変化したように感じられ、思わず、深く息を吸い込んでいた。

爽（さわ）やかな空気が気持ちいい。

気付けば、その場で汲（く）んできたかのような冷たい水が手の平に溜（た）まっていた。

溢（あふ）れそうになる水（それ）を、無意識に口にする。

「……美味（おい）しい」

柔(やわ)らかな冷水が喉を潤(うるお)し、ホッと息を吐(は)く。

知らず微笑(ほほえ)んでいたようだ。

「ユーチ、なんで笑ってるの？　魔力で出した水は、美味(おい)しくないのに」

デシャちゃんにそう言われ、私は「えっ、美味(おい)しくないの？」と、首を傾(かし)げて聞き返していた。

「そうよ、なんでだかわからないけど、美味(おい)しくないのよ！　だから、美味(おい)しいなんておかしいわ。ちょっと、わたしにも飲ませて！」

デシャちゃんはそう言うと、私の手を持ち上げ、自分の口もとに持っていく。

「えっ」

躊躇(ためら)うことなく、私の手から水を飲むデシャちゃん。

ごくごくと、水を飲む音が聞こえる。

「――っ!?」

驚いて言葉をなくす私を見て、デシャちゃんは「ほんと、美味(おい)しい！　なんで？」と、不思議そうな顔をする。

そして、セラちゃんとマーザ院長の背中を押し、私の前に立たせると「飲んで、飲んで！　ほんとに、ユーチの水、美味(おい)しいよ～」と、二人にも水を飲むように促す。

え――！

絶句する私の手から、マーザ院長も躊躇せずに水を飲む。

私は、間近に迫ったマーザ院長の顔を前に、呼吸を忘れて硬直する。

「おや、本当だね。柔らかくて優しい味だ……確かに美味しいと感じるよ。魔力で造られた『水』なのに、不思議だねえ？　それに、魔法を習いはじめたばかりの子供が、冷たい水を出現させるなんて驚いたよ。難しい魔法のはずなのだがね……」

マーザ院長まで、なにしてるんですか？

真面目な顔で何やら感心したように呟いているけれど、大人の女性がすることではないでしょうに。

可愛く首を傾げてもダメだと思う。

いつになく頬が熱くなっているのがわかり、頭を抱えたくなった。

「ほんと。ふしぎだよね～。あっユーチ⁉　ちゃんと『水』溜めとかなきゃだめだよ。セラちゃんも飲むんだから、ほら、ちゃんとして」

有無を言わせず、セラちゃんにも水を飲ませようとするデシャちゃんに脱力する。

セラちゃんも、皆が美味しいと言う水に興味があるのだろう。

恥ずかしそうにもじもじしているのに、逃げずにその場にとどまり、チラチラと私の顔を窺っている。

ああ、もう、仕方ない。

「……はい」

私は羞恥心を押し隠し、たっぷり水の溜まった手の平を、セラちゃんの前に突き出した。

視線が合わないように横を向きながらだったけれど、少しでも飲みやすくなるように頑張ったと思う。

「ありがとうございます」

セラちゃんは可愛い声で礼を言うと、コクコクと水を飲む。

躊躇いながら添えられた指先と口の、くすぐったい感触を意識しないように気を紛らわせながら、なんとか『水』を飲ますことができた。これで任務完了だろう。

ふー、と安堵の息を吐き、緊張して固まっていた腕を下ろすと「ぴちゃっ」と、また地面に水が染みていく。

少し身体がだるく感じるのは、デシャちゃんと同じで、魔力を使い切ってしまったからだろうか。

けれど、これくらいの不快感なら問題なさそうだ。

何はともあれ、魔法を発動することができて良かった。

魔法は、想像していたより自由度があり面白い。

詳細にイメージできれば、結構いろいろなことができそうに思う。

バルトさんのように、フードプロセッサーや泡だて器の代わりも、務められそうな気がしてくる。

「どう？　美味しいでしょ？」

「うん。冷たくて美味しかった」

セラちゃんが頷いて同意を示すと、デシャちゃんは自分の手柄のように誇らしげな笑顔を見せた。

「でも、どうしてユーチの水は、美味しかったのかな？　『いでよ、美味しい水〜！』とかって詠唱すればできるとか？　あっ、そういえば、ユーチ詠唱してたっけ？　もしかして、無詠唱だった？」

「あ、はい。詠唱はちょっと恥ずかしかったので、省くことができてホッとしました」

「ユーチもセラちゃんと一緒のこと言うんだね。詠唱ってかっこいいのに。二人とも変なの」

セラちゃんも、私と同じで詠唱を唱えることが恥ずかしかったようだ。

「じゃあ、ユーチはどうやって、あの、美味しい水を出したの？」

「私も知りたいねえ。教えてくれるかい？」

マーザ院長も、ワクワクした表情で聞いてくる。

セラちゃんもその横で頷いていた。

「ああ、あれは、わた……ぼ、僕が知っていた湧き水をイメージしたからだと思います。あのときは、その場にいるかのように、周りの様子を詳細に思い描くことができたから、そこの水を再現できたのかと……」

「なるほど、水だけじゃなくその場所もイメージしたんだね」

「ふーん」

マーザ院長は感心したように頷いているが、デシャちゃんはちょっと不服そうだ。

「ユーチは、湧き水を見たことがあるんだ。いいな……わたしも早く冒険者になって、街の外に行ってみたい」

デシャちゃんに、羨ましそうに呟かれ戸惑う。

私が知っている湧き水は、この世界のものではないのだ。

「デシャちゃんも冒険者になるの？」

「うん、そうだよ。冒険者になってバンチとコブと一緒にいっぱい依頼を受けて、いっぱいお金をかせぐんだ。それで、セラちゃんも合わせて四人一緒に暮らせる家を借りるんだよ～」

楽しそうに未来を語るデシャちゃんの前向きな姿に、安堵すると同時に勇気付けられた。

バンチとコブ？　とは、先ほどマーザ院長の話に出てきた、ギルドの依頼を受けているという、十歳の男の子たちのことだろうか？

「わたしも『洗浄』の魔法を覚えたら冒険者になるんだよ。『火』の魔法はもう少しで【攻撃魔法】になりそうなくらい凄いって皆言ってくれるのに、なんでか『洗浄』の魔法は上手くいかないんだけど、きっともうすぐできるようになると思うんだ。今は、バンチとコブに先を越されちゃってるけど、すぐに追いついてやるんだから！」

鼻息荒く意気込むデシャちゃんに、返す言葉もなく頷いた。

二十九、魔法の練習

デシャちゃんは『洗浄』の魔法を覚えたら冒険者の登録をするのだと意気込んでいるけれど、魔法が使えない私でも冒険者になれたのだから、『洗浄』の魔法が使えなくても問題ないはずだ。

『先を越されちゃった』と悔しそうな顔をするデシャちゃんは知らないのだろうか？

マーザ院長なら、当然知っていると思うのだけれど？

不思議に思い、チラッとマーザ院長を窺うと、にこやかに微笑む彼女の視線とぶつかる。

笑みを浮かべたまま、さらに目を細めて私を見据えるマーザ院長に、なぜかゾクッと背筋が震えた。

さり気なくマーザ院長から視線を外し、小さく息を吐く。

そういえば、穏やかに見えるマーザ院長に対し、バルトさんの態度が少しばかり強張っていたような……言葉遣いも、いつもと違い礼儀正しかったかもしれない。

――デシャちゃんには、余計なことは言わないようにしよう。

世の中には、逆らってはいけない人がいるのだ。

『洗浄』の魔法を覚えることで何が変わるのかわからないけれど、デシャちゃんは無茶しそうで危なっかしい感じがするから、きっと必要なことなのだろう。


減ってしまった魔力が回復するまでの間、マーザ院長が魔力について教えてくれることになった。

マーザ院長によると、人が持っている魔力量を測定することはできないらしい。

目に見える形で魔力の量がわかれば便利だっただろうに、残念だ。

しかし、魔力保有量は年齢とともに上昇するのではないかと言われていると聞き、嬉しくなる。

さらに、魔力制御を上達させれば、少ない魔力で魔法を発動させられるようになるというのだから、やりがいがある。

頑張(がんば)れば、間違いなく今より魔法を多く使えるようになるはずだ。バルトさんのようにバンバン魔法を使っても平気になる日が来るかもしれない。

楽しみでワクワクしてくる。年甲斐(としがい)もなく浮かれているのがわかった。

「今は魔力を意識しながら、何度も繰り返し魔法を使うことが大事なのだよ」と続けるマーザ院長の言葉に、私はニコニコしながら頷（うなず）く。

バルトさんのような攻撃魔法は無理でも、便利な力として生活の中で魔法を利用することなら、私にもできそうに思えた。いろいろ試してみたい魔法が思い浮かぶ。

あれこれ想像し、緩（ゆる）んでしまう頬（ほお）を抑えられなかったようで、締（し）まりのない顔をマーザ院長に見られてしまった。

マーザ院長に見透（みす）かされたような視線を向けられ、恥ずかしくなる。

その後、私が浮かれて暴走しないようにか、魔法を使用するときの心構えや注意事項などを、みっちりと教えられた。

マーザ院長はこれまでも、魔法を覚えたばかりの子供たちの身に魔法による事故が起きないように気を配ってきたのだろう。

デシャちゃんの『火』の魔法を目にしたときの恐怖を思い出すと、マーザ院長の懸念も理解できた。

魔力が回復した気がするので、思いついた魔法を試してみることにする。

深く息を吐（は）き気持ちを落ち着かせ、できるだけ魔力を使わないように小さな現象を思い浮かべる。

その結果、お粗末なものになったのだけれど、イメージした魔法をいくつか成功させることができた。

竜巻をイメージしてちょっとした風を起こし、落ち葉を一か所に集めたり、ドライヤーのように手の平からかすかな温風を出したりもできた。

指の先で、風をクルクル回すこともできるようになったので、泡だて器の代わりもできるはず。

そのまま、クルクル回る風に刃物のイメージを追加し、フードプロセッサーの代わりができないかと試してみたけれど、それは上手くいかなかった。

バルトさんのようにパン粉を量産できるようになりたくて、しばらく頑張ってみたけれどダメだった。

もしかしたら、殺傷能力のある魔法は私には難しいのかもしれない。

ちょっと弱気になったけれど、気持ちを切り替え、他の魔法にも挑戦する。

その甲斐あって、風の魔法だけでなく『火』の魔法も成功させることができた。

本当に、マッチの火ほどの可愛い炎だったけれど、繰り返し練習したお陰で、ライターの代わりぐらいにはなりそうに思う。

威力がなく見栄えのしない私の魔法も、マーザ院長には好評だったようだ。

面白い発想に驚かされたと褒められ、照れくさくなる。顔が火照るのを誤魔化すのに苦労した。

器用貧乏にならないように、それぞれの魔法の精度を上げる必要がありそうだけれど、ちょっと自信が持てた気がする。

「今日の魔法の練習は、このくらいで終わりにしようかね」

マーザ院長はそう言って、私たちに魔法の授業の終わりを告げた。

私は今日一日の成果を思い、ホッと肩の力を抜く。

若干の気怠さを感じながら、腕時計の時刻を確認すると【15時35分】だった。

バルトさんは、終わる頃に迎えに来ると言っていたけれど、何時なのか確認するのを忘れていた。

そろそろだろうか？

孤児院の中が騒がしくなってきている。お昼寝をしていた子供たちが起きたのだろう。

小さい子たちが元気に動き出すようになれば、マーザ院長たちも忙しくなりそうだ。

部外者の私は邪魔にならないように、さっさと帰った方がいいと思うのだけれど……

いつの間にか、デシャちゃんとセラちゃんの姿が見えなくなっていたこともあり、落ち着かない。

まだ姿を見せないバルトさんが、早く迎えに来てくれるようにと願いながら、所在なげに佇む。

「ユーチは、読み書き計算の方はどうするんだい？　一緒に習っていくのかい？」

マーザ院長に尋ねられ、そういえばここでは勉強も教えていたのだと思い出した。

「いえ、ほとんどの文字を（たぶん）読むことができるので、そっちの方は教えてもらわなくても大丈夫だと思います。計算も簡単なものなら解けるはずだから……あっ、ですが、後でどんな問題か見せていただきたいです」

「計算の問題ならデシャたちに見せてもらうといいよ。それで、ユーチに頼みがあるのだが、バルトジャンが迎えに来るまでの間でいいから、おやつを食べ終わった子供たちの相手をしてくれないかい？　絵本でも読んでやってくれると助かるのだが、どうだろう？」

「あ、はい。わかりました」

マーザ院長に頼まれたので、反射的に引き受けてしまったけれど……大丈夫だろうか？

中田祐一郎のときに、少しばかり読み聞かせをした経験はあった。

けれど、息子たちからの評価はいまいちだったような気がする。

我が家では、朗読は妻が専門だったことを思い出し、容易に引き受けてしまったことを後悔した。

三十、読み聞かせ

幼い子供がいる部屋へ向かう前に、マーザ院長が『浄化』の魔法で汚れを除去してくれホッとした。一歳未満の赤ちゃんもいるという部屋を土足で歩き回るなど、今までの感覚ではありえないことだったから、『洗浄』や『浄化』の魔法があって本当に良かったと思う。

示された部屋を覗(のぞ)くと、私の知る保育所と同じような光景が繰り広げられていた。

――子供は、どこの世界でも変わらないのかもしれない。

小さな子供用の椅子に座り、テーブルに置かれたおやつと格闘している子供たちの姿に頬が緩む。

私は、「失礼します」と軽く頭を下げ、ドキドキしながらマーザ院長と一緒に入室した。

改めて部屋を見渡すと、幼児組だと思われる赤ちゃんを含めた六人の子供たちと、それを世話する大人の女性二人と一緒に、デシャちゃんとセラちゃんの姿もあることに気付く。

デシャちゃんとセラちゃんは、四、五歳くらいの女の子二人の相手をしている。

慣れている様子なので、普段からこうして手伝っているのだとわかった。

デシャちゃんたちの手を借りたくなるのも頷ける。

特に小さい子供は予想外な行動をするので、目が離せないのだ。

一人の女性は、泣きやまない赤ちゃんの世話で手一杯のようで、三人の男の子を任されることになった、もう一人の若い女性の負担が大きくなっているのがわかる。

果物を握りしめ、手や口の周りを汚したまま席を立とうとする男の子を相手に奮闘していた女性は、マーザ院長の姿を認めるとホッとしたように頬を緩ませた。

そして、私にも助けを求めるような視線が向けられて慌てる。

……そういえば、私もここに手伝いに来ていたのだった。

他人事のように傍観者的な気分で眺めていた自分に気付き、気持ちを引き締める。

けれど、自分がこれから行う絵本の読み聞かせが、はたして彼女たちの役に立つだろうか？

子供たちの意識を、上手く絵本に集中させる自信などないのだから、不安でしかない。

――だというのに。

「ちゃんとおやつを食べて、綺麗にしてもらった子から好きな本を持ってこっちにおいで。今日は、新しいお兄さんが本を読んでくれることになったからね」

と、マーザ院長に話を振られてしまい、心臓の鼓動が速まった。

「「「は～い！」」」

元気のいい子供たちの笑顔に怯みそうになるけれど、子供たちが自分に向ける期待と好奇心いっぱいの眼差しに、逃げ場がないことを悟る。

う～、緊張する。覚悟を決めて、マーザ院長に指示された場所に陣取り、深呼吸をする。

こうなったら、なるようにしかならない。下手でもなんでも、やるだけやってやろうじゃないか。

緊張で強張った顔をしているであろう私の元に、無邪気な笑顔の少女が近付いてきた。

「おにいちゃん、これよんで？　マコのお気に入りなの♪」

さっき、デシャちゃんが世話をしていた女の子が、一番に私の前にやってきて絵本を差し出す。

私を見て、にっこり笑うマコちゃん（？）は、人見知りをしないようだ。

ホッとしながらマコちゃんから受け取った絵本は、印刷した物ではないように見える。

手作りなのだろうか？　日本の絵本との違いを感じながら、色あせてしまっている表紙を眺める。

題名は、『小さな、お姫さまの初恋』だった。

マコちゃんと同じツインテールの女の子が、花畑の中で微笑んでいる姿が描かれている。

「このお姫様、マコちゃんと同じだね」

特に意図したわけではなかったけれど、絵本のお姫様とマコちゃんの髪形が同じだったことに気付いたので、マコちゃんの髪を指さしながら言葉にすると、マコちゃんはとても嬉しそうに頬を染め、満面の笑みを返してくれた。

「うん！　おそろいなの～♪」

そう言ってぴょんぴょんと飛び跳ねるから、マコちゃんの髪も一緒に飛び跳ねる。

私は全身で喜びを表すマコちゃんが落ち着くまで、目をぱちくりさせながら見守ることになった。

興奮が収まった様子のマコちゃんは、慣れた様子で私の足の間に潜り込むようにして座り、私を振り仰ぐと嬉しそうにしている。懐かれている？

驚きに固まる私の横に、セラちゃんに世話されていた女の子もやってきていた。

二人の女の子にくっつかれているという事態に、狼狽えてしまう。

後から来た子は、メイちゃんというらしい。メイちゃんも手に絵本を持ってきていた。

『小さな、お姫さまのぼうけん』とある。

マコちゃんと同じ、ツインテールの女の子が森の中を歩いている表紙だった。

どうやら『小さな、お姫さま』は、シリーズ化されているようだ。

チラッと周りを確認すると、三人の男の子たちは、まだおやつの時間のようだった。

その子たちはマコちゃんたちより年が小さいから、食べ終わるまでまだかかるのだろう。

男の子たちの世話をするマーザ院長たちに労い（ねぎら）の視線を送り、私も覚悟を決めた。

期待に瞳を輝かせるマコちゃんとメイちゃんの視線に促されるように、絵本に目を向ける。

腕の中のマコちゃんとメイちゃんに見えるように絵本を持ち、ページを捲（めく）った。

――マコちゃん似のお姫さまが、遠い国の王子様と出会い、仲良くなる話だった。

最後は、自分の国に帰ることになった王子様が、「大きくなったら会いに来るから、待っていてね」と言い置いて去っていく。

ちょっと首を傾（かし）げたくなる内容だったけれど、マコちゃんもメイちゃんも満足そうなので、これでいいのだろう。

「こんどは、こっちね」と、メイちゃんが持っていた絵本をマコちゃんに差し出されたので、受け取る。

どうやら私の読み聞かせでも、喜んでもらえたようだ。

いつの間にか、おやつを食べ終えた男の子たちも私の周りに集まっていた。

マーザ院長がこちらを見て、微笑みながら頷いている。

このまま読み聞かせを続けろ、ということだろうか？

デシャちゃんとセラちゃんは、これから読み書き計算の勉強をはじめるらしい。

先ほど、幼児組の子供たちがおやつを食べていたテーブルに、教科書らしきものを並べている。

この場所で読み聞かせを続けて、勉強の邪魔にならないといいのだけれど……

そんなことを思っていると、こちらを恨めしそうに見るデシャちゃんの視線とぶつかり、たじろぐ。私が勉強をサボって、遊んでいるように見えたのだろうか？

「はやく、はやく」

なかなか読みはじめない私の服を引き、急かしてくるマコちゃんに促され、ひとまずデシャちゃんの視線は気にしないことにした。

メイちゃんお薦めの『小さな、お姫さまのぼうけん』を読みはじめる。

今度は、三人の男の子たちもいるので、皆が見えるように本を持つ位置を変えた。

メイちゃんが選んだ『小さな、お姫さま』シリーズの絵本だったけれど、三人の男の子たちも文句はないようだったので、安心して読んでいく。

聞いてくれる子が増えたので、さっきより大きな声を心掛けて読み進める。

――今度の話は、小さなお姫さまが、お母さん（王妃様）の誕生日にプレゼントする花を森に採りに行く、という話のようだ。

小さなお姫さまが暗い森の中で迷子になる場面に差しかかると、子供たちの表情が変わる。

お姫さまを心配し、真剣な表情で私の声に耳を傾けている子供たちが可愛くて、朗読にも熱が入る。

『……ガザゴソという、物音がして振り返ると、そこには小さなお姫さまが見たこともない大きな生き物が、恐ろしい唸り声を発しながら立ち塞がっていた……』

「ひっ！」

小さな悲鳴が子供たちから上がり、驚いて絵本から視線を外す。

確かに、話の佳境に入っているけれど？

引きつったような表情の子供たちに、首を傾げる。そんなに、私の朗読は真に迫っていただろうか？

不思議に思ったけれど、気を取り直して続きを読み進めることにした。

絵本を持ち直し、子供たちに見やすいように掲げる。

けれど、子供たちの視線は少しズレていて、絵本に向いていないような気がした。

訝しく思い、その視線の先を追うと……

「……あっ」

ドアの隙間（すきま）から、こちらを窺（うかが）っている大きな人影が！

私を迎えに来てくれたバルトさんが、部屋の中を覗（のぞ）いていたらしい。

決して、驚かそうとしたわけではないはずだけれど……バルトさん、タイミングが悪すぎ。

子供たちに注目され、怯（おび）えた視線を向けられることになってしまったバルトさんを気の毒に思いながらも、訳がわからず狼狽（うろた）える様子がおかしくて、堪（こら）えきれず噴き出してしまった。

バルトさんが現れたタイミングが、物語の緊張した場面と重なったことで余計に驚いてしまったのだろう。絵本どころではなくなってしまった子供たちを落ち着かせるのにちょっと苦労した。

バルトさんのことを私の保護者だと紹介し、怖がることはないのだと説明したのだけれど、最初の印象が強かったようで、ずっと警戒されたままだったように思う。

「外で待ってるわ」と部屋を出ていくバルトさんの背中が、寂（さび）しそうで切なくなった。

凄（すご）く良い人なのに……

見た目で誤解されてしまっていることを、悔（くや）しく思う。

バルトさんの人柄を知れば、私のように外見も含めて好きになる子はいるはずだ。

さっきは、戸惑っているバルトさんの姿がおかしくて、つい笑ってしまったけれど、理不尽に怖がられるバルトさんの気持ちを思うと申し訳なくなる。

私に接する態度からもわかる通り、バルトさんは子供が好きなのだと思う。

好きな者に恐れられるというのは、思った以上に辛いに違いない。

途中だった絵本を、どうにか最後まで読み終えた。

子供たちは座って聞いてくれていたけれど、あまり集中していなかったように思う。

なんとなく物足りなく感じた。

バルトさんを待たせているので、私の読み聞かせはこれで終わりになる。

読ませてもらった『小さな、お姫さまのぼうけん』の絵本をメイちゃんに返すと「よんでくれて、ありがとう」と、可愛い声でお礼を言われた。

小さいのにきちんとお礼が言えたメイちゃんに「どういたしまして」と答え、そっと頭を撫でる。

メイちゃんが嬉しそうに笑ってくれたので、私も笑顔を返した。

するとメイちゃんの反対側から、マコちゃんの頭も差し出されたので、同じようにマコちゃんの頭も撫でることになった。

私に撫でられ、嬉しそうに笑う二人が可愛い。〝両手に花〟の状態に私の目はますます細くなる。

少し離れたところにいる男の子たちからも、撫でて欲しそうな視線を感じた。

マコちゃんたちに「またね」と手を振り、「おいで」と男の子たちを手招きして呼ぶと、トテトテと寄ってきて一番小さな男の子が、私の足の間に座り寄りかかる。

少し高めな体温に囲まれ、子供特有のサラサラした髪の感触を楽しみながら、三つの小さな頭も順番に撫でていく。

小さな可愛い存在に懐かれ、心が緩みほわほわした気分になる。

バルトさんもよく私の頭を撫でるけれど、こんな風に感じていたのだろうか？

「また、明日」

明日も来ることを子供たちに伝え立ち上がると、マコちゃんとメイちゃんだけでなく、まだ名前を聞いていなかった三人の男の子たちからも、「ありがと」「お兄ちゃん、また、ごほんよんでね」という声がかけられ嬉しくなる。

孫ほどの年齢の子供たちに手を振ると、小さな手を振り返してくれた。

可愛い姿に頬が緩み、締まりのない顔になっていると思う。

「またね～」

「ばいばい」

ほんとに、可愛い！

後ろ髪を引かれる思いで、その場を後にした。

部屋の入り口で、マーザ院長が私たちの様子を微笑みながら眺めていた。

デレデレした顔を見られていたようで、恥ずかしい。

緩んでいた顔を引き締め、改めてマーザ院長に今日のお礼を伝え「明日もよろしくお願いします」と挨拶をする。近くにいた、デシャちゃんとセラちゃんにも「また明日」と声を掛ける。

その場を去ろうとする私に「送ってあげる」と言って、デシャちゃんは腕を掴んできた。

デシャちゃんに引っ張られる形で慌ただしく部屋を出ることになる。

「もう勉強はいいの?」

勉強を切り上げて、わざわざ送ってくれようとしているのなら申し訳ないと思い、問いかけた。

「文字はもう覚えたから。絵本だって、ユーチに負けないくらい上手に読めるはずだもん! 計算がちょっとあれだけど……今日は、院長せんせいも、褒めてくれたし、少ししか間違えなかったし、だいじょうぶだからっ」

そういえば、「いつになく真面目に計算に取り組んでいたね」と、マーザ院長に労われていたことを思い出す。

一生懸命なデシャちゃんを微笑ましく思い「うん、そうなんだね」と、頷き返した。

私が読み聞かせをするときに、恨めしそうな視線を送ってきたのは、私も一緒に勉強すると思っていたかららしい。勉強する必要がないから子供たちの世話を頼んだとマーザ院長に言われ、悔しくなったようだ。

外で佇んでいるバルトさんの姿が見えた。

デシャちゃんとセラちゃんも気付いたのか、歩みが遅くなる。やっぱり、まだ怖いのだろうか？

こちらに気付いたバルトさんの表情も、強張（こわば）っているように見える。

どうしたものかと思っていると、デシャちゃんがバルトさんに向かって頭を下げた。

「さっきは、悲鳴を上げて逃げちゃって、ごめんなさい、ごめんなさい」

セラちゃんも同じように「……ごめんなさい」と、小さな声で謝罪し頭を下げている。

「お⁉　おお、気してないから大丈夫だぞ」

突然の二人の謝罪に驚いたバルトさんが、なんとか返事をすると、デシャちゃんたちはホッとしたように微笑（ほほえ）んだ。

すると、もう用事は済んだとばかりに「じゃあ、また明日ね」と仲良く手を繋いで戻っていった。

……後に残された私とバルトさんは、去っていく二人の後ろ姿をぽかんと口を開けたまま見送り、やがて互いに視線を交わして口もとを緩（ゆる）める。

「良い子たちですね」

「おお」

私たちは軽い足取りで孤児院を後にした。

三十一、規格外？

「今日はお待たせして、すみませんでした」

「……ああ」

小さい子たちを驚かせたことでも思い出したのか、遠い目をしたバルトさんは、大きく息を吐くように返事をする。

そして、気持ちを切り替えるように「――で、今日はどんな感じだったんだ？」と聞いてきたので、歩きながらバルトさんと別れてからのことを話すことにした。

バルトさんとクレエンさんがあそこの孤児院出身だったことや、八歳で孤児院を飛び出し、冒険者にいろいろ教わりながら自立していったことを、マーザ院長が誇らしげに話してくれたと言うと、バルトさんは嬉しそうに口もとを緩め「おお、そうか」と返事をし、照れたように視線を逸らした。

「マーザ院長って、怒ると怖かったりしました？」

小さなバルトさんがマーザ院長に叱られている姿が思い浮かび、ちょっと気になったので尋ねると、「あ？　なんだ、ユーチももう怒られたのか？」と驚かれてしまった。

「違いますよ、怒られてはないですよ。けれど……怒らせてはいけない人なのかなって」

「ああ、間違いない。本気で怒ったマーザ院長には、俺でも小便ちびるかと思ったぞ！　まあ、ユーチなら俺たちみたいに厳しく叱られるようなことはしないと思うがな」

なんでも、バルトさんとクレエンさんは、魔法の練習中にふざけていて小さい子たちに怪我をさせてしまったことがあったという。

すぐにマーザ院長たちが対処したので、その子たちに傷や後遺症が残るようなことはなかったそうなのだけれど、かなり厳しく叱られたらしい。

バルトさんは子供の頃から魔法が得意だったというので、威力も凄かったのではないだろうか。

マーザ院長たちも、肝を冷やしたに違いない。

「それは、叱られても仕方がないですね」

マーザ院長たちの気持ちを汲み呟くと、「しょうがねえだろ？　俺もガキだったんだから」と子供のように不貞腐れた顔をするので、クスクスと笑ってしまった。

それから、デシャちゃんたちがバルトさんを見て逃げたのは、バルトさんが【クマロダ】に似ていたからだと教えてあげた。

そして、デシャちゃんが地面に描いてくれた【クマロダ】の絵がとても上手で、迫力があって恐ろしい動物なのだとわかったと付け加えると、苦虫を噛み潰したような顔をした。

苛めすぎたかと思い、私もデシャちゃんに言葉遣いがおかしいと言われ、これから自分のことを『僕』と言わないと、「スカートを穿かせる」と言われたと話せば、一気に機嫌が良くなり声を立てて笑い出した。

「デシャっていうのは、ツインテールにしてた子か？」

「そう、それで、もう一人がセラちゃん。デシャちゃんは十歳だけど、セラちゃんはまだ八歳らしいです」

私がそう言うと、笑いながら「じゃあ、今から言葉遣いに気を付けないとな。俺の前でも『私』って言ったらスカートな！」と言われてしまう。

調子に乗ったバルトさんは、本当にスカートを買ってきそうなので、話したことを後悔した。

気落ちしていたバルトさんが、すっかり元気になったのは良かったけれど、これ以上からかわれるのは勘弁してもらいたい。なので、話題を変えることにする。

マーザ院長たちには話し忘れていたことなのだが、魔法で水を出そうとしてお湯が出せたことを、バルトさんに伝えた。

その後『日本の湧き水』をイメージし、それを実現させることができたと思われるので（たぶん）、そのことも含め、魔法に関する私の認識が正しいのか確認するつもりだった。

なので、あまり深く考えずに切り出したのだけれど……

「最初の魔法で、お湯を出したのか⁉」

バルトさんは、信じられないというように、目を見開いて驚いている。

なんでも、お湯を魔法で出現させるには『火』の魔法が使えないと無理だと思われていたらしい。

何をどうやったらお湯になったのか？

バルトさんに、身を乗り出すようにして詳細を問われ、たじろぐ。

私の魔法が不可解であるらしいバルトさんに、自分の推測を交え、お湯と美味しい水を出すことができた状況を思い出しながら、どうにか伝えた。

バルトさんは、珍しく深刻な顔をして黙り込む。

「……ユーチの言うことが本当なら、完璧にイメージできさえすれば、他にも難しいと言われている魔法を成功させられるってことになるのか？」

「たぶん……？」

「――面白れえな」

バルトさんは、突然キラキラとした目をして、口もとを怪しく引き上げた。

何か、試したい魔法でも思いついたのだろうか？

周りに、被害が出ないといいのだけれど。

楽しそうなバルトさんが、何を考えているのか不安になる。

「試しに、その『美味しい水』っていうのを俺にも飲ませてくれ！」

バルトさんなら、飲みたがるだろうとは思っていたけれど……

また、手の平から飲ませる羽目になるのかと、ため息と同時に眉間に皺が寄る。

気が進まなくて躊躇っていると、「ほら、これに出してくれ」と、収納鞄から取り出したカップを渡された。

「あ、はい！」

私はバルトさんから受け取ったカップを手に、ホッと安堵の息を吐く。

よかった。これなら、恥ずかしい思いをしなくて済む。

ちゃんとカップの中に水が溜められるか、不安ではあったけれど『美味しい湧き水』を想像するため、気持ちを切り替えた。

無事にカップに水を溜めることができ、ホッとして顔を上げると、立ち止まって集中する私に、道行く人がぶつからないようにしてくれていたのだろう、バルトさんは私を守るような位置に立ってくれていた。さり気なく、気遣ってくれるバルトさんに頭が下がる。

お礼を伝え、バルトさんに水の入ったカップを手渡す。

「おい!?　ユーチ、なんで冷たいんだ？」

渡されたカップを手にし、驚いているバルトさんに笑顔で答える。

「はい、冷たい湧き水です。ちゃんとできていれば美味しいはずですが？　どうですか？」

「冷たい湧き水って……まじか？」

おそるおそるカップに口を付けるバルトさんが、どんな反応をするか気になりワクワクしながら待つ。

「おっ⁉　冷たくて美味い！」

バルトさんは半信半疑だったのだろうか？　実際にその水を飲んで改めて驚いている。

感心しながらカップの水を飲み干すバルトさんの姿に、ニヤニヤしてしまう。

ついでに足元に落ちていたゴミを、『風』の魔法（小さな竜巻）でクルクルと集めてみせれば、またもバルトさんを驚かせることができた。

「これで、マヨネーズも作れますよ」

指の先で風をクルクル回しながら笑顔で胸を張る私に、バルトさんが呆れたように呟く。

「いや、それ、確かにマヨネーズもできるだろうけど……威力を上げれば立派な攻撃魔法じゃねえか。魔物の討伐にも使えそうだぞ」

「え？　無理ですよ。ただの風なので傷つけられませんから。……でも、足止めくらいならできるのかな？」

『風』の魔法の新たな使い道が見つかり、嬉しくなった。

俺――バルトジャンは、自分の頭をガシガシと掻いた。

「……ありえねえ」

今日初めて魔法を習ったはずのユーチが、なんであんなに簡単に風を操れるんだ？　それも無詠唱だったよな。

昨日の食堂では、恰好つけて簡単そうに見せていたが、ユーチの指示通りに魔法を制御してマヨネーズやパン粉を完成させるのに苦労した俺の立場は？

おいそれとできるもんじゃねえはずなのに、なんでユーチは笑ってゴミ集めしてんだよ。

魔法を披露しニコニコと微笑むユーチの姿に、諦めたように大きく息を吐く。

「驚きました？」

顔を覗き込むように尋ねてきたユーチは、俺の驚いた顔を拝めてよほど嬉しかったのか、ニヤニヤ笑っていた。

「ああ、驚いた。まさか今日一日で、そこまでできるようになっているとはな。だが、続けて魔法を使って、魔力は大丈夫なのか？」

ユーチは、少し考えるように首を傾げたが、「はい、まだ大丈夫みたいです」と笑顔で答えた。

あれほど複雑な魔法を使っても問題ないということは、保有魔力が多いのか、イメージがしっかり持てているからか、どちらにしても規格外に思える。

「それだけ魔力を制御できれば、『洗浄』魔法もすぐできるようになるかもな」

「え？　ある程度【生活魔法】を使えるようにならなければ、『洗浄』魔法は覚えられないのでは？」

「ああ、基本的にはそうだな。【生活魔法】を何度も繰り返して、魔力を制御する力を身につけるんだ。それで、やっと『洗浄』魔法を発動させられるようになる。普通はそうなんだが……今のユーチは、しっかり自分の魔力を制御できてるだろ？　それだけ魔力をコントロールできれば、難しいと言われる『洗浄』魔法でも発動させられるんじゃないかと思うんだが？」

「えっ本当ですか？　うわ〜っ『洗浄』魔法！　もうできるかもしれないだなんて、ちょっとやってみてもいいですか？　……でも、どんなイメージをすればいいんだろう？　洗浄、洗浄……」

ユーチは『洗浄』の魔法を早く覚えたがっていたから、俺の言葉に目を輝かせた。

一生懸命な様子を微笑ましく見守る。

できそうだとは言ったが、今すぐに成功させられるとは思っていなかった俺は、頃合いを見てやめさせる気でいたのだが……

「うわっ⁉」

「おい、何やってんだ？」

「――あ、……失敗ですね。手をきれいにしようと、手を洗うイメージでやってみたんですが、泡が出てきてしまいました」

「はあ⁉」

泡ってなんだ？　何でいきなり……泡？

「――ん、なんとか水で洗い流せたけれど……これじゃあ、ダメですね」

濡れた手を振り、泡のなくなった手を俺に見せながら、困ったように笑うユーチに目を見開く。

どういうことだ？　ユーチは、何をやってるんだ？

「――濡れた手は……風で乾かす？　パーキングエリアとかにあったハンドドライヤー？　みたいな……あ、それより乾燥させるように、水が蒸発するイメージの方がいいかな……」

なにやら、またブツブツと呟き出したユーチを、俺は呆気に取られて眺めるしかなかった。

いったい、ユーチの頭の中はどうなってるんだ？

「できた！　バルトさんできました〜」

笑顔で手を振るユーチに、返す言葉が見つからない。

何がどうしてどうなったのかわからないが、どうやら手の洗浄が終わった（？）ようだ。

「……あれ？」

「おい！」

魔力を使いすぎたのか、ふらつくユーチを慌てて支える。

「ありがとうございます。魔力がなくなってしまったみたいですね。もうちょっと、色々やってみたかったのに……残念です」

「えへへ」と笑うユーチに、呆れるべきか感心すればいいのか……

何かあればすぐ支えられるように、歩き出したユーチの隣を歩きながら心配になる。

「大丈夫か？　抱えてってやろうか？」

足取りに不安を感じたので、いつものように抱えて家に連れていってやろうと思い尋ねたのだが、

「平気ですよ。今はちょっと怠い感じがありますが、じきに気にならなくなると思うので」と断られてしまった。

ユーチが自分の腕の中にいると安心するし、癒されるのだが……残念だ。

「あれ？　ハンドソープの香りかな？　柑橘系の爽やかな匂いがする」

クンクンと自分の手の匂いを嗅ぐような仕草をしたユーチは、「いい匂いですよ。ほら」と、その手を俺の方へ差し出す。

よくわからないが、ユーチの可愛い仕草に目を細め、身体を屈める。

……!?

確かに、ユーチの小さな手から『レモジ』のような甘酸っぱい匂いがした。

どういうことだ？　俺の頭が「？」でいっぱいになっていくのだが……

「それにしても、魔法って面白いですね。香りまで再現できるなんて」

俺の戸惑いをよそに、ユーチはなにやら興奮しているようで、頬を上気させている。

「……初めて自動車を運転したときも感動したけれど、今の方がもっとドキドキしているかも」

頬を緩ませブツブツ呟いていたかと思ったら、急に顔を上げ、俺に笑顔を向ける。

「なんだか凄く、楽しいです！　もっと練習して、たくさんの魔法を使えるようになりたいです」

拳を握り、魔法に意欲を燃やすユーチの勢いに押され「おお、頑張れ」などと、応援するような言葉を口にしてしまったが。大丈夫だろうか？

ユーチの発想が予想できなくて、何かやらかしそうで恐ろしいのだが？

自分の眉間に皺が寄るのがわかった。

「あ、バルトさん。この店をちょっと覗いてきてもいいですか？」

「ん、何か欲しい物でもあるのか？」

「はい、ちょっと思いついたことがあって、ちょうどいい物があるか見てきます」

ユーチは俺に手を振り、店の中に入っていった。

文房具や画材を売っている店のようだが、何を買いに行ったんだ？

俺もユーチの後に続いて、初めての店内に足を踏み入れる。

絵の具だか塗料だかの独特な匂いがする店内で、ユーチは目当ての物を見つけたのだろうか？

店員と何か言葉を交わしている。

三十二、思い付き

「なあ、ユーチ、厚紙なんて何に使うんだ？　絵の具も買っていたようだが、絵でも描くのか？」

バルトさんは、さっきの画材屋で私が購入した物が気になっているようだ。

「ちょっと作りたい物ができたんですが、上手く仕上げられるか自信がないので、今は秘密にしておきます。ちゃんとでき上がったら見せますから、上手くいくように祈っていてください」

私は、これから実行しようとしていることを、まだバルトさんに知られたくなかったので、誤魔化すように返事をする。

「え～、そんなに楽しそうなのに、教えないって酷くないか？　何を作ろうとしてるか知らないが、俺も協力してやるぞ。こう見えて、手先は器用だからな」

「ありがとうございます。……じゃあ、最後の仕上げを手伝ってください。木材を使うことになると思うので、一人ではちょっと不安だったので助かります」

「手伝いたい」というバルトさんの意気込みを感じ、なくてもいいかな？　と思っていた物だったけれど、それを作ってもらうことにする。あれば見栄えが良くなるし、より楽しめるはずだ。

――自分が育った孤児院だというのに、子供たちから怖がられる容姿を気にして昼間は近づかないようにしていたというバルトさん。

どうにかして報(むく)われる方法はないだろうか？　と考えていた。

そして今日、真剣な表情で絵本に耳を傾けてくれる子供たちの姿を見て、思いついたのである。

バルトさんを主人公にした童話を考えてみようと。

もちろん、直接バルトさんの名前を出すわけではないけれど、強面(こわもて)の体格のいいお兄さんが登場すれば、自然とバルトさんと重なるだろう。

そして、その人物が活躍すれば、子供たちのヒーローにだってなれる……はず。

そう考え、今日購入した画材でその童話の紙芝居を作るつもりなのだ。

色あせた絵本はあっても、紙芝居のような物はなかったから、きっと喜んでもらえるに違いない。

小さな絵本を、皆に見せながら読むことに苦労したからでもあるのだけれど、絵本と違って紙芝居なら製本の必要がないし、低コストで自分にも作れそうに思えたからでもある。

私に、絵心と文才があるかは……ちょっと不安だけれど。

ストーリーは、日本の童話を参考にさせてもらうつもりでいるから、そんなにおかしな紙芝居(もの)にはならないと思うし、自分で上手く絵を描くことができなければ、絵の上手なデシャちゃんに手伝ってもらえばいいのだから、きっとなんとかなるだろう。

——恰好(かっこ)よくて優しい、バルトさん似の主人公。

自分が子供の頃、好きだった絵本が頭に浮かぶ。

確か『泣いた赤鬼』という絵本だったと思う。

『友達（赤鬼）の願いをかなえるために、自分が悪者になって嫌われる役を買って出た青鬼の話』——だったはず。

子供の頃、私はその青鬼に憧(あこが)れた。今は少し違う想いもあるけれど。

当時の私は、あの潔(いさぎよ)さに感動し、それを貫く「青鬼」の姿を強くて恰好(かっこ)いいと感じていた。

そんな青鬼のような主人公の話を作ることができれば、見た目が怖いバルトさん（青鬼）だけれど、強くて優しいのだと、伝えることができると思うのだがどうだろう？

無事、紙芝居を完成させられれば、今はただ怖いという気持ちが大きい子供たちも、その物語の登場人物のようなバルトさんに親近感を抱くだろうし、興味を持ってくれるだろう。

自ら近付いてきてくれるかもしれない。

大概、物語の主人公は、皆の憧れなのだから。

屈強な身体を、強くて恰好いい！　と思う子供だっているはずだ。

それに、テレビのないこの世界での紙芝居は、日本の子供たちより喜んでもらえると思う。

『一石二鳥の妙案』にワクワクしてきた。

子供たちに囲まれ、デレデレと頰を緩ませるバルトさんの姿が浮かび、つい口もとが緩んでしまう。

今日私が体験した、心癒される気分を是非バルトさんにも味わってもらいたい。

にんまりと笑う私を、バルトさんは訝しげに見てくるが気にしない。

バルトさんが活躍する物語に思いを馳せ、クスクスと忍び笑いを漏らす。

『バルトさんを子供たちの人気者にし、子供たちの笑顔でメロメロにしてしまえ』作戦なのである。

私は心の中で闘志を燃やし気合を入れた。

◇◇◇

——ところで、先ほど『洗浄』魔法に挑戦したけれど、残念ながらバルトさんのようにはいかなかった。

手を洗った後のように、いい匂いがしてさっぱりしたから、失敗ではないと思う。けれど、対象を泡だらけにしたり水浸しにしたりするような魔法では、使いどころに困る。

バルトさんは、どんなイメージで『洗浄』と『浄化』の魔法を発現させ、またその二つの魔法をどう区別しているのだろうか？

気になったので尋ねてみると、バルトさんは躊躇うことなく教えてくれた。

『洗浄』魔法のコツは〝汚れていない状態をイメージすること〟だった。

私がしたような洗うイメージは要らなかったのだと知る。

魔法で水を出そうとしてコップまで想像していたときと同じで、また余計なことをしていたのだとわかり、力が抜ける。

『浄化』の魔法は、何度も『洗浄』魔法を使っていると、『洗浄』をした後なのに何かもやもやした感覚が残るようになるらしい。そのスッキリしないもやもやした物を消すイメージが『浄化』魔法の感覚なのだそうだ。

『洗浄』魔法もちゃんと使えない私が『浄化』魔法に辿り着くのはまだ先のことだろうけれど、せっかく教えてもらったのだから役立てたい。その『もやもやした感覚』を、うっかり見逃さないようにしなければと心に刻む。

子供の姿の私が見知らぬ森で目覚めたのがつい二日前だというのに、いろいろなことが思い出される。

不安な思いで見知らぬ森を彷徨い、イノシシに襲われそうなところをバルトさんに助けられた。

今ここで笑っていられるのは、お人好しのバルトさんが不可解な存在であるはずの私を肯定し、丸ごと受け止めてくれたからだ。私がこの世界に存在ことを認め、繋ぎとめてくれたような気がしている。ニーリスのホワンにも出会い、愛しく守りたい存在をまた得ることができた。

自分のこともままならない状況でも、懐いてくれるホワンの温もりが心を癒し勇気をくれる。

愛用の腕時計の変化に魔法の存在、まだまだわからないことや知らないことがあるけれど、自分にできることを見つけ一歩一歩前に進んでいこうと思う。

この世界で出会った人たちとともに……

私は隣を歩くバルトさんを見上げ微笑む。

何も言わなくても、私の歩幅に合わせてくれるこの人に出会えたことが一番の幸運なのだと思う。

感謝の気持ちをこめて、バルトさんの大きな手をそっと握る。

驚くバルトさんの顔がおかしくてクスクス笑うと、繋いだ手をガッチリ繋ぎ直された。

バルトさんの手の温もりが伝わってくる。

外ではめったに鞄から出てこないホワンも、なぜか私の肩に登り頬を寄せてきた。

……そろそろ、帰る家が見えてくるだろうか。

私はバルトさんと並び歩きながら、家路を進む。

転生幼女はお詫びチートで異世界ごーいんぐまいうぇい

Going My Way

高木コン

Kon Takagi

チートなスキル&神様の手厚い加護で我が道まっしぐら!!

ライトなオタクで面倒くさがりなぐーたら干物女……だったはずなのに、目が覚めると、見知らぬ森の中! さらには――「えええええぇぇぇぇ? なんでちっちゃくなってんの?」――どうやら幼女になってしまったらしい。どうしたものかと思いつつ、とにもかくにも散策開始。すると、思わぬ冒険ライフがはじまって…… 威力バツグンな魔法が使えたり、オコジョ似のもふもふを助けたり、過保護な冒険者パーティと出会ったり。転生幼女は、今日も気ままに我が道まっしぐら! ネットで大人気のゆるゆるチートファンタジー、待望の書籍化!

◉定価:本体1200円+税　◉ISBN 978-4-434-26774-1

◉Illustration:キャナリーヌ

変わり者と呼ばれた貴族は、辺境で自由に生きていきます

enbunbusoku
塩分不足

領民ゼロの大荒野を……
神話の魔法でのけ者達の楽園(ユートピア)に!

超サクサク辺境開拓ファンタジー!

名門貴族の三男・ウィルは、魔法が使えない落ちこぼれ。幼い頃に父に見限られ、亜人の少女たちと別荘で暮らしている。世間では亜人は差別の対象だが、獣人に救われた過去を持つ彼は、自分と対等な存在として接していた。それも周囲からは快く思われておらず、『変わり者』と呼ばれている。そんなウィルも十八歳になり、家の慣わしで領地を貰うのだが……そこは領民が一人もいない劣悪な荒野だった! しかし、親にも隠していた『変換魔法』というチート能力で大地を再生。仲間と共に、辺境に理想の街を築き始める!

◉定価:本体1200円+税　◉ISBN 978-4-434-27159-5

◉Illustration:riritto

この作品に対する皆様のご意見・ご感想をお待ちしております。

おハガキ・お手紙は以下の宛先にお送りください。

【宛先】

〒150-6008 東京都渋谷区恵比寿 4-20-3 恵比寿ガーデンプレイスタワー 8F
（株）アルファポリス　書籍感想係

メールフォームでのご意見・ご感想は右のＱＲコードから、
あるいは以下のワードで検索をかけてください。

ご感想はこちらから

本書はWebサイト「アルファポリス」（https://www.alphapolis.co.jp/）に投稿されたものを、改題、改稿、加筆のうえ、書籍化したものです。

祝・定年退職!?　10歳からの異世界生活

空の雲（そらのくも）

2020年　2月　28日初版発行

編集－加藤純
編集長－太田鉄平
発行者－梶本雄介
発行所－株式会社アルファポリス
〒150-6008 東京都渋谷区恵比寿4-20-3 恵比寿ガーデンプレイスタワー8F
TEL 03-6277-1601（営業） 03-6277-1602（編集）
URL https://www.alphapolis.co.jp/
発売元－株式会社星雲社（共同出版社・流通責任出版社）
〒112-0005 東京都文京区水道1-3-30
TEL 03-3868-3275
装丁・本文イラスト－齋藤タケオ
装丁デザイン－AFTERGLOW
印刷－図書印刷株式会社

価格はカバーに表示されてあります。

落丁乱丁の場合はアルファポリスまでご連絡ください。

送料は小社負担でお取り替えします。


ISBN978-4-434-27154-0 C0093